你 若盛开 清风自来

白敏◎著

華齡出版社

责任编辑：李梦娇
责任印制：李未圻
封面设计：颜　森

图书在版编目（CIP）数据

你若盛开，清风自来 / 白敏著. --北京：华龄出版社，2017.1
ISBN 978-7-5169-0849-5

Ⅰ.①你…　Ⅱ.①白…　Ⅲ.①散文集—中国—当代
Ⅳ. ①I267

中国版本图书馆CIP数据核字（2016）第311127号

书　　名：你若盛开，清风自来
作　　者：白敏　著

出 版 人：胡福君
出版发行：华龄出版社
地　　址：北京市东城区安定门外大街甲57号　**邮编：**100011
电　　话：58122254　**传真：**58122264
网　　址：http://www.hualingpress.com

印　　刷：北京昊天弘业印务有限公司
版　　次：2017年4月第1版　2018年9月第5次印刷
开　　本：880 × 1230　1/32　**印　　张：**7
字　　数：150千字
定　　价：32.00元

（如出现印装质量问题，调换联系电话：010-82865588）

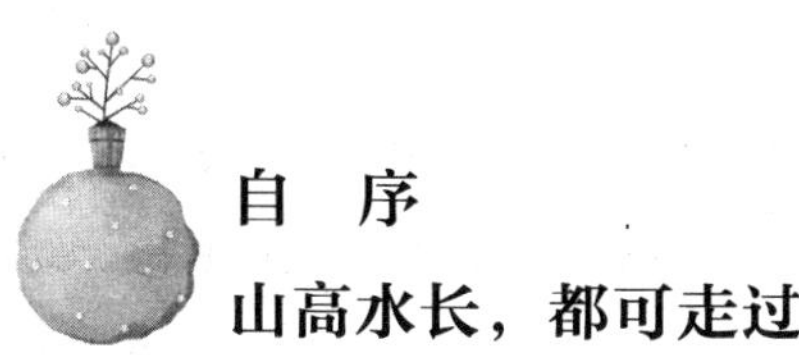

自　序
山高水长，都可走过

时光就像列车一样飞速向前行驶着，没有回头的可能，就像我渐行渐远的青春和已经远去的过往。但是，我不再不舍，不再遗憾，因为梦想让我终于有勇气，以飞翔的姿态，对那些岁月赐予我的一切，真正地道一句感谢。

在漫长的岁月中，永远也不过是一瞬，未来也像是从前，一切都仿佛似曾相识。然而，挽留不住时间，我们只能挽留记忆；无法把握过往，我们只能珍惜当下。那轻描淡写的岁月，其实值得纪念。

在斑驳的岁月中，遗落在心底的，并非宏大的事物，而是那些细腻微小的温柔。生命的驿站喧嚣而荒凉，值得庆幸的是，重要的人始终陪在身边。正是由于此，我们才更要尽情地追寻着，珍惜着。唯有不辜负每一个阳光明媚的日子，才可遇见最珍贵的爱。

美好也好，疼痛也罢，都会随风逝去。生命中的情节无法删改，你我只需安然接受得失，以最美的姿态编织最美的年华。至于那些执念、伤痛、欲望，也不必太过忧惧，顺其自然便好。如此，时光才会完好如初。

在最深的绝望中，仍有惊喜存留；在最荒芜的时光里，依旧有爱闪现。只要你愿意守住内心的光与温暖，愿意放开疼痛的回忆，重新打开心扉，就如从前约定好的，幸福永远在灯火阑珊处等你，深情浓意也始终停留在不远处。

岁月，总是带给我们磕磕绊绊的伤痛。

但谁说磕磕绊绊跌跌撞撞之后不会有回甘的隽永芬芳呢?

大概每个人都会有很多时候觉得自己被全世界抛弃。工作不如意，爱情不顺心，生活很糟心，人际关系复杂到难以应付，情商智商都不够用。一大波闹心的事此起彼伏地向你袭来，让你永远都看不到顺心的那条边界线。你对生活感到无望，山高水长，似乎怎么都走不过，让你怀疑人生是不是就这样子踟蹰不前了。

但其实不是。

岁月会温柔地告诉你，人生不会就这样。

不得不承认，岁月有时候总是会偏爱优待一些人。

这种优待，总是很显而易见的。

但有时候，岁月给予的另一种厚待——伤痛与磨难，大家却并不愿意接受。直到日后某天，才会恍然大悟，那其实是人生最好的奖励。

目 录

A

在慌乱的世界，不慌不忙

B

不畏将来，不念过去

不攀附，不将就

这么慢，那么美

一切都是最好的安排

愿所有美好如期而至

为热爱而活

A

在慌乱的世界，不慌不忙

你不慌张，世界就不会荒芜

那一晚，我睡得正熟，手机铃声猛地响起来。我嘀咕着咒骂一声，在黑暗中胡乱摸到枕边的手机，毫不犹豫地按下挂断键，然后翻个身继续睡。

然而，刚刚挂断，手机铃声又响起来。心中怒气“砰”一声就炸裂，我坐直身子，按下接听键，听筒里马上传来闺密姚米的声音。

“拜托，现在是凌晨好不好？”我没好气地说道。

她对我的抱怨早已习以为常，所以每次都有些幸灾乐祸地在深夜打来电话。因为，她远在英国，我这里的深夜，恰好是她那里的午后。午后，她应该坐在剑桥大学的图书馆里，看书，做笔记，写论文。阳光很吝啬，很少普照伦敦。倒是一团团雾气，赶也赶不走，就那样肆无忌惮地笼罩在窗外的校园里。

看书看得累了，就打一通越洋电话，告诉我她的日常生活。我们一边心疼像水一样流走的电话费，一边絮絮叨叨地聊彼此的近况和很远的未来。每次通电话，我的情绪都是由恼怒转为平和，后又转为兴奋，最后又变得依依不舍。所以，挂断电话后，我经过跌宕起伏的情绪变换，很难再入睡。而姚米应该会放下手中的论文，穿过校园的雾气走进宿舍，枕着倾诉后的充盈渐渐睡熟。

但是，这一次她并没有像以前那样对自己的生活碎碎念，而是简单地告诉我，她决定在夏天举行完毕业典礼后立即回国。

回国，这是她在和我一起谈论的未来里，所不具备的词汇。她身上永远贴着学霸的标签，初中毕业成绩是全市第一，高中毕业成绩是全省第一，大学就读于清华大学，未毕业时就已申请到剑桥大学经济学的全额奖学金。

在我们这些如蚂蚁一样存在的芸芸众生中，姚米似乎永远都站在云端，让我们望尘莫及。我曾经问她，做一个万人瞩目的学霸，是不是特别累，压力特别大。她告诉我说，她并不这样觉得，她一直都在做自己喜欢的事情，只不过现阶段她喜欢的事情，刚好是学习而已。

是的，就是这么简单。她只是想单纯地把喜欢的事情做到最好。

在我们都以为她会拿着剑桥大学的证书，进入伦敦一家金融公司，做一名人人艳羡的高级金领时，她说她要回来。

我的意识极其清醒，捧着手机问她其中的原因。她给出的原因依旧那样让人觉得匪夷所思：我想回去做点有意义的事，不想把时间浪费在这里，仅此而已。

有些人永远知道自己要什么，并不顾一切地将其付诸实践。姚米就属于这种人。

一个月之后，姚米委婉地拒绝了教授的挽留，不顾父母的反对，真的提着行李回来了。我在机场与她紧紧拥抱，她看着北京并不太明朗的天空，开玩笑地说这里比伦敦好太多。我心里依旧觉得惋惜，总想抢白她几句，因而毫不犹豫地揶揄她：“为了在北京的雾霾天气中生活而放弃在伦敦金融业发展机会的人，全世界想必只有你姚米一个人。”

她倒也不恼，耐心地等我发完牢骚。而后，她不紧不慢地告诉我，北京不过是她暂时歇脚的地方，她的目的地在婺源的一个小镇。

她知道所有的人都不理解她做出的选择，包括作为她闺密的我在内。但是，这就是姚米，一个并不需要别人理解的人。自幼做学霸，得到人们认可，是因为她在那一阶段喜欢的事符合主流价值观念；而从伦敦逃离，隐匿到国内一个偏远山镇，违背了人们的正常思维，因而难免会遭到质疑与责难。

姚米不想做伟人，她只想做一个简单透明的人。如果连这样的愿望都要遭到冷眼，她只能对所有对她抱有非凡期待的人说声抱歉。

世界这么大，没有人能真正站在中央。唯有自己怦怦跳着的那颗心，是自己的中央。

这是姚米暂时在北京落脚的那段日子里，对我反复说过的话。

我终日穿梭在车水马龙之中，穿梭在钢筋水泥围成的办公室里，像一台由电脑操控着的机器人那样忙碌。在某个疲惫不堪的时刻，我忽然领悟到了姚米那样做的意义。

大概两个星期之后，姚米又拖着行李坐着火车去了婺源。那时，油菜花已经开过，只有千亩梯田以葱绿的姿态迎接她的到来。

她用在伦敦做项目的钱以及父母的积蓄，在婺源的小镇里买了一座由木头搭建而成的小房子。在二手集市上，她买来木质的桌椅，一台年代久远的缝纫机，一个落满灰尘的书架，还有若干花籽，几棵树苗，以及乱七八糟的家用工具。

这就是她给我描述的家。

忙完工作后，我有时会给姚米打电话。她仍然像从前那样像老太婆一样絮絮叨叨地说自己的近况，只不过现在她所说的都是她栽种在房前的花，屋后的树。至于那很远的未来，她很少提起，如果定要说说以后的事情，她只是说很近的未来。比如明年婺源会开满油菜花，比如她养的小狗会在三个月后生一群小小狗。

我告诉她，以前的同学们都说你在做无用的事情。

她反问道："什么是有用的事情？"

我其实想说，在所有人的眼中，在最繁华的地方站住脚跟，存折里有数不清的财富才算是不被辜负的人生。但终究沉默以对。

其实，我们每一个人都很清楚，都市里灯红酒绿的生活，需要付出怎样的代价。而我们宁愿在别人的视线里摸爬滚打，弄得遍体鳞伤才会罢休。

记得有人曾问我，你梦想中的生活是什么样子的？我说道："我希望老了以后在郊外拥有一间属于自己的房子，房前种满花，屋后栽满树，一到春天，各种花就忙着绽放，各种树就忙着发芽。午睡后，就拿刚采摘下来的嫩叶泡茶，养的小狗晒在太阳底下，我摊开白纸写自己喜欢的文章。出版社如果采用这些稿件，我就会收到微薄的稿费；如果给我退回稿件，我就把它们夹在爱看的书中。”

而姚米并没有在老了以后才做这些事情，而是趁着年华还有青春的色泽，就把这些时间匀在以后想做的事情上。

想想也是可笑，姚米在二十五六岁的时候，过着人们六十岁梦寐以求的生活，而人们却在疾言厉色地指责她浪费时间去做无用的事情。

第二年春天，姚米给我打来电话，告诉我油菜花铺满了整个婺源，她自己种的花也都盛开了。

“如果不忙就来一趟吧，就当作旅行。”姚米说得很真诚。

北京的春天，只能在雾霾中蠢蠢欲动。在挣扎一番后，我向领导请了一个星期的假。领导虽然在请假条上签了字，但他脸上那副不可思议的表情，分明不满我在工作最忙的时候请假去旅行。我想，如果我告诉他姚米的事情，他定然会说姚米脑子有问题。

经过十几个小时的夜车，终于抵达景德镇，后又坐出租从景德镇抵达婺源。在从景德镇到婺源的路上，我看到整个婺源已经被油菜花包围。这里只流行清新剔透的黄色，姚米身上的衣服也是淡雅的黄色。她站在岔道路口，让我第一次觉得这样的她才是这个世界不可缺少的存在。

我们慢慢朝她的小屋走去，路上偶有背着箩筐的妇女走过，姚米用当地的方言和她们友好地打招呼，并向她们介绍我是她最好的闺密。这一路的劳累，已经消失得无影无踪。

走了不算短的一段路后，她忽然指着被各种花草掩映着的一座房子，告诉我那就是她的地盘，声音里满是自豪和雀跃。

我看看那座被打理得整整齐齐的房子，又看看穿着油菜花颜色衣服的姚米，真的差点流出眼泪。

她平时种花种树除草养狗，兴致来时也会用缝纫机给自己做衣服，伏在木质桌椅上写稿子、画画，有时也拿着相机拍下婺源这片地上最常见的景物。

姚米带我游玩的时候，虽然我从她的脸上就可知道她快乐与否，但我还是在憋很久之后问道："你觉得快乐吗？"

她笑得很大声，原以为我仍会说她不在伦敦做金融一行，简直是浪费时间。

笑声停止之后，她很认真地说道，她曾经把留在伦敦当作生活的目标，但那从来都不是她的梦想。在那一段时间里，她压力很大，头发掉得很多，每天用含铅量很高的化妆品，行尸走肉一般穿梭在图书馆和教授的办公室。由于太忙，她几乎没有时间吃早餐，以至于她经常受胃疼的折磨。再加上长期坐着做研究，她的脊椎慢慢突出。

在伦敦，她有一箩筐的隐性与显性病症，但人们只是看到她表面的风光。而她为了维持这种风光，不得不咬着牙死死地坚守着。

但在毕业前夕，她觉得生命不是戏剧，不可以重演。她只想趁着手中还有大把时光，去过一直在潜意识里勾勒过的生活。

于是，她真的就这样做了。

虚度光阴有什么不好？况且，如果做的都是自己喜欢的事情，又何来虚度之名。

正如梁文道所说的那样："读一些无用的书，做一些无用的事，花一些无用的时间，都是为了在一切已知之外，保留一个超越自己的机会，人生中一些很了不起的变化，就是来自这种时刻。”

六十岁时，或许我们已经没有那种过房前种花，屋后栽树的心境。也或许，那时我们已经没有了填充人生色彩的梦想。

所以，姚米从来没有后悔过。她知道，喜欢的事情，不必等到以后。

在我临走的那天早上，我和姚米正在吃从山里挖来的野菜做成的早餐，一个男人冒失地闯进来，手里拿着一大把不知名的野花。当他看到一个陌生的我时，便不好意思地站在原地，怔怔地看着姚米，一时不知道说什么。

我看到姚米的耳根在顷刻之间被朝霞染红，脸上是少女恋爱时才有的娇羞。

愿你有故事而不世故

阮琪霏是酒吧歌女。她的另一身份是传媒大学的一名学生，学习生命科学专业，与唱歌毫无关系。

第一次见到阮琪霏这个人，是在传媒大学图书馆的拐角处。那一次我因为要找一些资料，便由朋友带着去传媒大学图书馆。从图书馆里出来，抱着厚厚一叠书。转弯的时候，我和他只顾着说话，便与迎面跑来的人撞了个满怀，手中的书散落一地。

对方急忙蹲下来帮我们捡地上的书，嘴里还不住地道歉。我连声说没关系，与这个满怀歉意的女孩一起捡书。等那个女孩走远，朋友才小声地说道：“这个人就是我跟你说过的阮琪霏。”

我拍拍书上的土，转过身看看已经跑得只剩下小黑点一般的身影，说道：“看着也挺普通的，没有你说得那么夸张吧。”

“她在学校和在酒吧里是两个不同的人。”

“这么说，你专门去听过她唱歌？”我故意同他开玩笑。

“我才没有。我是听别人说的。”他极力地辩解，但是他脸上浮现的红晕已经出卖了他。而我知道，他之所以这样急着否认，是因为他觉得喜欢上一个酒吧歌女是件很丢人的事情。

在食堂里吃午饭时，我们又遇到了她。她梳着一个马尾，脸上干净无妆，身上的衣服是最简单的蓝色牛仔裤配白色T恤。她端着打好的饭菜路过我们所在的桌子时，认出了我们，便向我们欠身笑一笑。我同样报以微笑，而我身边的朋友却低着头猛吃碗里的饭菜。

正赶上学生下课，食堂里非常拥挤。但是我发现，阮琪霏在一张桌子前坐下后，便没有人走过去同她坐在一起。人们宁愿端着饭菜等待着空位出现。阮琪霏仿佛已经习惯这种尴尬场面，只是自顾自地吃饭，偶尔也拿出手机接听电话。

“改天我们一起去酒吧听她唱歌吧。”我忽然对朋友说道。

他猛地咽下嘴里的那一口饭，怔怔地瞅了我很久，才假装若无其事地点点头。

在一个周末，我和好友去了阮琪霏唱歌的酒吧。

不大的酒吧里几乎坐满人，看来世上并不缺少寂寞的人。在酒吧里喝到不省人事，由出租车送到寓所，然后倒在床上呼呼大睡。天亮之后，一切已经重新洗牌，那些烦心事也已经属于昨天。

服务生拿来酒水单，好友看也没看就要了一杯苏打水冰咖。这让我更加确信，这不是他第一次来到这里。单子上都是我不认识的名字，只好凭着直觉要了一杯至今我已经忘记名字的鸡尾酒。我只记得那杯鸡尾酒的味道像柠檬，有些酸也有些爽口。刚抿了一口，酒吧便掀起了高潮。

我穿过水泄不通的人群，站起身踮起脚尖奋力向前看去，只见阮琪霏穿着一袭黑色丝绸衣裙出现，高叉开口处露出一条晶莹如雪的长腿。嘴上是最大胆的罂粟红，背后的长发一丝不乱，全都温顺地贴在裸露的背上。

人群欢呼，眼神迷离，烟草和酒精的味道混合着暧昧气息，使得酒吧被一种神秘的氛围缠绕。我转头看看身边的朋友，他只是看着前方，眼神并没有焦点，手中的苏打水冰咖只剩半杯。他已经忘记了我的存在。

台上伴奏声起，阮琪霏一出口，骚动的台下反而静下来。那是一首邓丽君的歌，声音非但没有邓丽君那么缠绵，还多少带着悲哀绝望的意味，仿佛她真的在寻觅一位失散的爱人，百转千回之后却寻觅无果。

我喝着鸡尾酒，静静地听着这个只有一面之缘的女子歌唱，心想她的心里应该沉淀着很多的故事吧。我已经不管我身边的朋友，而把所有的注意力转移到阮琪霏身上。

与我想象中的歌女不一样，她更像是从20世纪80年代走出来的女人，细腻，温婉，多情。她虽然只有二十多岁的年纪，却仿佛已经经历了时光的淬炼，有了醇厚的味道。

所以，她不会计较学校里的人如何看待她，也不会被那些闲言碎语中伤。她或许喜欢在这里唱歌，或许不，但由于某些缘由，她只能站在台上，接受男人们暧昧的眼神，以及同学们的非议。既然结果已经如此，那她便决定享受这个过程。

连着三首都是邓丽君的歌曲，台下有个大块头端着酒杯摇摇晃晃站起来，要求唱一首凤凰传奇的歌。在这种情况下，歌女通常是满足客人的要求，哪怕这首歌实在喜欢不起来，也要扯着嗓子哼上几句。

但是，阮琪霏没有。她拿着话筒，不发一言，走到伴奏身边低语几句。旋律响起，阮琪霏开口唱道："绿草苍苍，白雾茫茫。有位佳人，在水一方。"音色依旧动听温润，像是在讲述一个遥远的故事。这仍旧是一首邓丽君的歌。那位客人站起来要冲到台上，却被身边同来的朋友拉住。

即便是一位歌女，也有自己独特的性格。这是我认识的阮琪霏。

接近十一点时，阮琪霏走下台，由另一位歌女替代她。我扔下朋友，一个人去了后台。阮琪霏正一点点卸妆，脂粉褪去后，又还原了那张清秀干净的脸。脱下那袭包臀露背的丝绸衣裙，她又换上她最常穿的蓝色牛仔裤和白色T恤，并顺手将头发聚拢，扎成一个马尾。

"看得出来，你很喜欢邓丽君。"我站在后台随便一个角落和她搭话。

“我妈妈经常唱给我听。”很显然，她还记得我。

从后台出来，她跟着我走到我原来坐的地方。此时的乐曲已经变了一个风格，歌词与旋律都极具现代感，嘈杂感。人们摇晃着酒杯和自己的脑袋，随着节拍在这里醉生梦死。

阮琪霏只要了一杯清水，朋友续了一杯苏打水冰咖，而我对这个女子太好奇，所以总忍不住问点什么才甘心。

所幸，阮琪霏也不是扭捏的人。她很直白地问：“你们是不是觉得在酒吧里唱歌的女人，都是行为很肮脏的人？”

我只能很委婉地说，人们习惯把好的事情想得更好，把不好的事情想得更坏。没有事情可做的时候，对别人指指点点是一项不错的消遣。

她适时喝一口清水，把散落的头发掖到耳后。她告诉我们，她的母亲以前其实也是一位歌女。母亲姿色不错，最爱唱邓丽君的歌，很多人前来捧场。但多半人都是三分钟热度，至多来过一个星期觉得尝不到一点儿甜头就倦了，以后自动消失，把时间与金钱投资在有回报的事物上。

只有一个人，天天来到母亲唱歌的地方。在她唱完之后送上一束花，以及一张还未打烊的餐厅的餐券。母亲终究是个女人，所有的矜持与冰冷不过是在等一个合适的人出现。那个人连续三个月都照常那样做后，母亲终于松口。

他们有过一段快乐的日子。母亲推掉歌女的工作，被他安置在远离市中心的一栋二层小楼房里。只是，这个男人的钱来自家族，他手中并没有权力去争取一份遭人冷眼的爱情。即便母亲为他生下了一个女儿，他也没有能力把她娶回家。

在家族的压力下，母亲得到了一笔赡养费，而他娶了一位从英国留学回来的女人。

在最艰难的时刻，母亲也没有重新去做歌女。好在二十几年孤寂的艰苦生活，已经成为过去。阮琪霏终于长大，考入重点大学，母亲也得以在邻里间抬起头来。

然而，母亲已经年老，无法再寄给她学费和生活费。而且，多年的抑郁生活已使母亲百病交加，阮琪霏需要为母亲支付高昂的医药费。

所以，像普通的人那样做兼职，根本无法支撑她们母女俩生活下去。她只能另辟蹊径，选择母亲的老路。她也唱邓丽君的歌，也像母亲那样走下台后就恢复生活中最本真的样子。但她有一点与母亲不同，那便是对酒吧里任何前来示好的男人都说“不”。即便那个人再殷勤，她也置之不理。

她曾经问过母亲，是不是有时会想念那个抛弃她的男人。母亲很坚决地摇头。她并不相信，母亲叹口气说道：“只有忘记才能活下去，我只能选择忘记。”

少有母女俩有那样的对话。

这些年，与其说这些年是母亲在陪伴她长大，倒不如说是她给了母亲活下去的勇气。

那个晚上，我们一直到凌晨三点才离开那家酒吧。门外是清冷的风和一无所有的寂静。阮琪霏忽然在道路上奔跑起来，白色的T恤和黑色的发梢将她衬得更加漂亮。

我和朋友站在原地看着她。我想，她背上应该有两道隐形的翅膀，不知什么时候就会飞起来，出乎所有人的意料。

朋友很平静地说：“我没有向她告白，不是因为怕丢人，而是因为她要报考麻省理工学院。我觉得我配不上她。”

他刚说完，阮琪霏就跑回来，脸上带着夜里的湿气，眼睛却清澈无比。

后来，我和朋友时常相约去听阮琪霏唱歌。她还是唱邓丽君的歌，他还是喝苏打水冰咖。我们三个人还是会坐在酒吧里逗留到凌晨两三点。一切并没有改变，但有些东西还是在我们不曾察觉的时刻改变了。

朋友终于没有耐住性子向阮琪霏表白爱意，阮琪霏感动到流泪，却仍旧哽咽着拒绝。

她说，她喜欢的那个人，在高中毕业后就去了麻省理工。她要去找他。

她说话的时候，口吻与眼神都是那么倔强。

在一个晚上，我收到朋友发来的微信：

“阮琪霏被麻省理工学院录取了。”

“我们应该祝福她。”我回复道。

“她确实像你说的那样，是一个有故事的人。”

“但是她一点儿也不世故。”我由衷地说道。

与朋友结束对话后，我点开电脑中存放的邓丽君的歌。

歌声婉转，像是阮琪霏穿着黑色丝裙在唱《在水一方》：

绿草苍苍，白雾茫茫，
有位佳人，在水一方。
绿草萋萋，白雾迷离，
有位佳人，靠水而居。

美好的事值得等待

“喂，您好，洛青慢递苏州店。”

“喂，您好，我……”林特特欲言又止，不知如何将心里的话说出口。

“请问您有什么需要吗？”洛青慢递的店长耐心地等待着。

“是这样的，三年前5月的一天，我在咱家写了一封信，准备在今年五月寄出。但是，我不想寄了。可以帮我取消吗？”店长听得出，电话另一端的林特特是下了很大的决心才说出的这番话。声音里带着千般无奈，万般不舍。

其实，在洛青慢递这家店中，每天都有人兴致勃勃而又小心翼翼地写下一封很长的信或是一张明信片。写完后，他们贴上邮票，按照自己的意愿，投进不同的时光格子中，等到日后特定的某一天寄出。

说得简单坦白一点儿，洛青慢递店更像是一个愿望寄存站。有愿望的人纷纷将自己的梦想写下，寄放在这家店中，等约定的时间到来时，当年那些微小而盛大的愿望就又回归到自己手中。

有人说，慢递店并不是在邮寄信笺和明信片，而是在贩卖文艺情怀与细碎如常的小梦想。说得倒也恰如其分，合情合理。

只是，店长每天也会接到许多电话，被告知某人在某天写的信笺作废。就如同林特特打来的电话一样。虽然，店长每次接到这样的电话，都很想问一句，既然已经写了，时间很快也就到了，为何决定不寄。但他始终未能问出口。毕竟，他只有暂时保管信笺的权力，而不能左右客人的决定。

那个电话仍在继续。

“请问，能告诉我您写信的具体日期吗？这样方便我为您更快地寻找。”店长一如既往地耐心。

“我也记不太清楚了，大概是5月20号。我的名字是林特特。麻烦您帮我找一下吧。”林特特的声音比先前更脆弱，像是一阵风就能吹断。

“好的。大概十五分钟后给您回电话好吗？因为要寄的信笺很多，所以找到您的那封得花些时间。”店长耐心地解释道。

“好的。谢谢。”

“不客气，应该的。”

电话挂断之后，店长站到那面写着“时光慢递，寄给未来”墙前。时间的罅隙中，夹着太多人的故事和愿望。不知道在不久之后或是很久之后的未来，这些故事的主人公，是否会像这些慢递信笺中所写的那样，和喜欢的人一起过着安静平和的日子。

大概十分钟之后，店长找到了林特特那封信。信封由复古的牛皮纸做成，右下角用桃红色插画笔画了一对牵着手的情侣，旁边是一颗长着翅膀的心。写信的日期是三年前的5月21号，寄信的时间是三年后的5月21号，也就是三天之后。

一个女孩儿用三年的时间守护一份或许还没能说出口的喜欢，眼看时间即将来临，主人公却决定放火将这一切烧得干干净净。

何故？自然是她的心上人的心里，没有她。

虽然已经见惯这样的故事，这样的情节，但是店长每次碰到之后仍然觉得惋惜。

刚好十五分钟的时候，店长回拨林特特的电话。只一声嘟声之后，电话便接通，可见林特特一直心急如焚地等这个电话。

“喂，信笺找到了吗？”店长还未来得及开口，林特特已经迫不及待地开口相问，甚至连代表礼貌的“您好”二字都省略掉。

“您好，已经帮您找到。请问，您是自己到店里取走这封信，还是……”店长不忍说出帮她销毁的话。

忽然之间，林特特压抑着声音，终于带了哭腔。隔着未知的距离，店长仍然能感受到她滚烫的眼泪。

尽管那一天店里客流如云，店长仍握着电话等待林特特的回答。

林特特像是下了很大的决心一样，在哽咽声渐渐平息之后，她说道：“谢谢您。我决定亲自到店里取回信笺，然后自己销毁。”

“好的。”

“谢谢，再见。大概一天之后我会到店里。”

“好的。再见。”

电话再次挂断。店长无暇多想这个就此终结的故事，就被客人们围住问起五花八门的问题。这些客人应该是初次来到这里。新鲜感十足，对未来的信心也十足。他们并不能预知，今日今时写下的愿望，在以后的某日某时能不能成真。

第二日，林特特坐在开往苏州的高铁上，忽然想到前一段时间她在毕业旅行时在东京公园里看到的场景。

那一天，有一点儿风，樱花已经陆续开放，偶有花瓣落下来。她不禁升起痴念，如果自己喜欢了很久的那个人也在这里该有多好。向远处眺望，透过稀薄的雾可以隐约看到直指天宇的东京塔。

她就那样一个人在公园的藤椅上坐了很久。黄昏来临的时候，她准备携着鹅黄色的光晕回到朋友家。就在那时，两位老人蹒跚着走进公园，坐在她旁边的那张藤椅上。老爷爷拄着拐杖，老奶奶佝偻着身子倚着他，褶皱的皮肤与银白的头发上，都是岁月的痕迹。

林特特重新坐到藤椅上。她所期待的，就是这样平淡地相守一辈子的幸福。

她对自己说道，很快那封写着爱意的信就会寄到。很快很快。

一阵嘈杂声让林特特从睡梦中猛地醒来，她向窗外望去，才看到醒目的“苏州”两个字。于是，她急忙提着自己的包从火车上下来。

在车站外拦下一辆出租车，向司机报上地址后又沉沉睡去。

许是心中已有了分晓，做出了抉择，所以许久不来串门的睡眠终于找到她。世界并没有过不去的坎，睡眠则是最好的止痛剂。睡觉之前，无论怎样，都会觉得天要塌下来。醒来之后，仿佛已经隔了一个世纪，女娲重新将天补好，抬头望，又会望到万里晴空。

抵达洛青慢递店，司机足足将坐在副驾上的林特特推了三下，她才迷迷糊糊醒来。林特特透过沾了灰尘的玻璃窗看到洛青慢递店的招牌，三年前的情景又如过场似的在她脑中渐次涌现。

睡醒后，往事并非乖乖留在梦中，毕竟所有的伤口都会留下伤疤，只是这伤疤有轻有重，有大有小之分罢了。所不同的是，林特特已成过来人，那些大大小小的心事仿佛不再属于自己，而是属于隔岸的某个女子。

林特特向店长介绍完自己后，店长便让她坐在一张木椅上稍等片刻。在等待的时间里，她点了一杯红豆奶茶，三年前她喝的就是这个味道。

店长将那封信交到她手中，她以为自己已经修炼到家，但看到信封右下角的那颗长着双翅的心时，眼圈还是红了。店长已经看惯这种情状，知道安慰无益，便将纸巾放在桌上，而后悄悄走开。

林特特感激店长不让自己那么难堪。

红豆奶茶快要见底，林特特才捋清那段仿佛已经不属于自己的往事。

已经不记得是怎样喜欢上那个人的，只记得大学开学的军训课上，太阳很毒很烈，一只小虫子飞到她的后颈上。奇痒难耐时，她刚想冒着被教官罚站一小时的危险伸手赶走那只小飞虫，忽然之间，一只陌生的手掠过她的后颈，带来一阵令人战栗的冰凉。

后来，教官走过来，让站在林特特后面那个男生罚站了一小时。

周围的同学都笑了，只有林特特一个人没有笑。中场休息的时候，同学们聊天、唱军歌，而一向爱说话的林特特一句话也没有说，只是望着太阳下那个站得笔直的身影，回想后颈那一丝稍纵即逝的冰凉。

再后来，老师在课堂上点名时，林特特知道了他的名字叫梵森。以后，老师再叫到这个名字时，林特特都会刻意往后看一眼，与他的目光接触。

一个学期的时间，足够他们熟识起来。他们会时不时一起上晚自习，一起去图书馆，一起到拥挤的食堂吃饭，甚至会偶尔一起逛街。但是，他们并没有随着了解的加深而走得更近。他们更像两条并行的铁轨，只能无限向前延伸，而不能相互拥抱。

在大一将要结束时，她一个人南下去了苏州。误打误撞，走进了这家洛青慢递店。在店里喝完一杯红豆奶茶后，她忽然也想同店内的其他人那样，寄一张慢递信笺。

就在那时，林特特决定给梵森写一封信，在毕业那一年寄出。

她给自己与梵森三年时间，时间一到，他就会收到来自她的表白信。

三年的时间，并不算短。但林特特依旧觉得坐在洛青慢递店里写信，仿佛是昨天的事情。她和梵森仍然保持着友情以上，恋人未满的暧昧关系。有时，她会觉得恼怒，在宿舍最好的姐妹面前埋怨他的拖泥带水。但数落过后，又想起他的好处来。

大四那个夏天来临时，因为那封即将寄出的信，林特特变得紧张起来。她拐弯抹角地套梵森对她的感觉，但梵森总是插科打诨，轻巧地转向别的话题。多次询问无果，林特特干脆放弃，心里想着最起码还有那封信，到时候不怕他不面对。

在傍晚六点准时响起的学校广播里，开始播放毕业歌曲，以及某某系的某某喜欢某某系的某某的表白。

没有勇气的人，总是要借着毕业的名头放肆一把。

又是傍晚六点，广播播放完一首《同桌的你》后，主持人便说接下来要读一封告白信。听到这里，林特特放下手中的书，专心听起来。

卢湘婷：

我知道我配不上你，所以四年来我总是在远处看着你。你是那么活泼，在人群中那么亮丽。而我似乎永远是灰扑扑的，除了所有的功课都考甲级之外，一无所长。人们都说，不会靠近，就不会远离；没有希望，就不会失望。因而，我把这份不可能破土而出的暗恋，严严实实地捂在心里。今天，我以这样的方式告诉你，并不是为了让你接受我。而只是让你知道，我实实在在地喜欢过你。

梵森

这封信自主持人念出，在林特特心里有说不出的震荡。署名处是梵森，但抬头处并不是她的名字。

林特特终于知道，为何四年间，他们永远都走不近彼此。只是这个原因，她多么希望是梵森亲口告诉她。

回忆由此而止，林特特将那封未寄出的信放进包里。

她走到柜台处，对店长说道："红豆奶茶很好喝。再见。"

"谢谢。再见。"店长从来不对客人表露出心里的惋惜。

在林特特走出这家慢递店前，店长忽然说道："等等，请等一等。"

林特特疑虑地转过身来："请问还有什么事吗？"

"……是这样的。你可以给自己寄一张明信片，一两年或是更久之后寄出。"店长从未对客人有过这样的建议，即便他心里有很多次想要这样做。

店长见她还在犹豫，便冲口而出，说道："就算是免费赠送给你的。"

林特特忽然就笑了。为什么不给自己寄一张呢？只有自己才不会失约。很久之后，等收到那张从时光隧道寄来的明信片时，自己已经变得足够好。或许到那时，自己已经找到那个会给自己平凡幸福的人，就像东京公园里那对老夫妻一样。

那些没有等到的事情，或许从来就不属于自己，所以也不必觉得可惜。而那些历经沧桑等来的事情，都是值得双手相拥的美好事情。

林特特坐在回学校参加毕业典礼的火车上，告诉自己，见到梵森时，一定会好好地跟他说声再见。

走过的路不会骗你

时间的力量，是一切事物洗尽铅华后，仍透出朴素的美。

十年之前，朴树唱着，生如夏花般绚烂；十年之后，朴树唱着，平凡才是唯一的答案。

一样的嗓音，却唱出了不一样的味道。但，这皆是对生活的阐释。

七岁那年，我们抓住一只蝴蝶，以为抓住了整个春天，十七岁那年，我们牵着一个人的手，以为能走到永远；如今，我们的灵魂跟不上身体的节奏，却在一首歌中，任情感汹涌如潮。

我们曾以为十年很长，十年之后我们就会变为我们所期待的样子。其实，待到岁月在我们生命中添了十圈年轮后，我们才明白，走向未来如此容易，却再也回不到过去。

朴树这一曲《平凡之路》，与其说是为韩寒电影发声，倒不如说他在倾诉自己。耐心的听者，总会听懂在这空白的十年中，他的隐忍与坚强；也能让自己的过往，倒带般一幕幕回放。

MV中，只有一个元素：路。路途之中，山重水复，从破晓至黄昏，从正午至深夜，无限延伸，没有尽头。一直向前走，是路中之人唯一的选择，也是唯一的出口。

这样的画面，简约而不简单，像是漫长的一生，承载着生命之重。

时间，总会给一切疑问，最为恰当的答案。

这首歌在电脑中单曲循环，我望着外面空阔的天空，想起很多年前的大学室友莉湘。

她是出了名的美女，高挑、细腰、长腿、丰胸。当所有人都沉浸在要找一个高高帅帅的男朋友时，她则发誓一定要嫁一个开豪车、有别墅且成熟豁达，能谈笑风生的男人。

于是，我们沉浸在琼瑶的言情小说中，把自己当作女主，与男主缠绵不休，而她早已优雅地走入高档咖啡厅，主动为自己创造“转角遇到有钱人”的契机。

美丽且自信的女人，即便落在人堆里，也能被轻易发现。莉湘的眼神，因满是对未来的憧憬而比旁人更为明亮。于是，一个身穿笔挺西装的男人，看到她独自品尝一杯咖啡时，便毫不犹豫地走向她，并不令人惊讶。

自此之后，他时常开车来学校接她，她则在万千同学的艳羡中，风光地走进那辆车。那时，她清楚地知道，自己要的是光鲜亮丽，要的是万人瞩目；她也极为明白自己已被他那风趣幽默的谈吐，被他那豁达成熟的气质所打动。霎时间，妙龄美女与成功人士的话题，风靡整个学校。

毕业之后，大家各自成家。我们再没有提过要找一个像琼瑶剧男主那样浪漫的人结婚，而她也嫁给了一个平凡的人。

再次相遇是在一家豆浆店，她还是那样美丽，但这份美丽中，再看不见张扬与高傲。我走过去，坐在她对面，与她相视而笑。

我们聊起大学时的事，曾经抠门穷气的张鹏开了一家高档酒店，老实憨厚的杨帆经常出入酒吧，其貌不扬的冯婷成了富太太过得风生水起。生活从不是我们想象中的样子。

我踌躇许久，终于开口问她，为何不选择那个事业有成的男人。

她回答说，并不是所有人都付得起嫁给有钱人的代价。

她曾经追求灯火通明的绚丽，但也把爱情捧在手心。而他温文尔雅，潇洒自信，可以与她一起分享自己的财富，甚至甘愿将自己的光环摘下来戴到她头上，但他只与她调情，从不向她提爱。他的心中有一扇门，里面锁着不可告人的秘密，甚至带些血腥味的过去。

她用整个大学的时光，得到的不过是一具看似华丽，实则干瘪的皮囊而已。如若嫁给他，她就要如他一样，带着面具行尸走肉般穿梭在各个空间内。说到底，开豪车的人，倒不如一个经济适用男更懂得如何疼爱女人。

当初，她走上悬崖，看到了旁人难以看到的风景，却时时要忍受失足坠落的恐惧。如今，她走下悬崖，走到田野中，终呼吸到了最干净畅快的空气。

要走得足够远，才知道想要的一直在身边。

要轰轰烈烈过，才会在余生中甘于平淡。

午后斜晖，透过窗棂，照到我们面前的桌子上。我看着莉湘走出这家豆浆店，仿佛看到田野中映出两棵树的影子，树的不远处延伸着一条长长的路。

电脑中朴树仍用历经沧桑的声音唱着：

我曾经跨过山和大海，也穿过人山人海，我曾经拥有着的一切，转眼都飘散如烟，我曾经失落失望失掉所有方向，直到看见平凡才是唯一的答案。

生活多美好，只因有你们

南非有一个名叫格尔迪·麦肯纳的女子，因为乳腺癌化疗后，头发掉光。她的十一位好朋友为了给她加油打气，陪她一起面对病魔，在同一家理发沙龙集体剃光头。

头发一缕一缕地被剪掉，她们笑面如花，随后还为格尔迪准备了一个惊喜的派对。

当格尔迪来到派对现场，看到剃着光头的闺密们时，捂着眼睛，不敢相信。

这些好友们，有的说，我的心里满满的，我在为我的姐妹做这件事。还有的说，只要我想到亲爱的格尔迪正在经历的一切，那这就算不上什么。

关掉视频的那一刻，我热泪盈眶，感动得一塌糊涂。再灰暗的日子，因为有了你们，也会变得熠熠生光；再烦心倦目的时刻，因为有你们，也喜上眉梢。

这是我今年看过的最美好的故事，没有之一。

看视频时我脑海中始终浮现起几年前看过的一部影片《阳

光姐妹淘》，也是关于友谊。名字暖心，最适合在冬夜，有暖气的房间，裹着件针织衫，和好友一边看一边喝点小酒，不经意间爆出各自青春的那点囧事，笑着笑着，眼泪就出来了。

一个叫娜美的家庭主妇，去医院探望母亲时偶然与身患绝症的旧时闺密春花重逢。此时，春花的生命只有短短两个月不到的时间。离开人世前，她最大的愿望是能够再见到当年高中时Sunny帮成员。

Sunny帮是高中时她们几个人组成的女生小团体。

这种少女小团体存在于中国高中生、韩国高中生、德国高中生、美国高中生中，不分国界，全世界都有。

小团体中有江湖大姐的角色，有胆有谋有号召力，是团体中的主心骨，而春花就是那个大姐大。当然她还是个人冷艳美女，表面上好像对任何人或事都有漠不关心，可是内心热血，朋友有事，最先义不容辞出手帮人的肯定会是她。还有其他形形色色的人，有梦想成为作家的，有想要成为韩国小姐的，有执着于割双眼皮的，也有满嘴脏话的。

因为搬家，娜美转学到春花班。她自卑胆怯，第一天上课时，因为浓重的地方口音被同学笑话，在陌生环境里被人欺负，她小心翼翼，努力与所有人和平相处。

可是，大姐春花对她照顾有加。

于是，娜美顺理成章地成为Sunny帮的一分子，她们一起打群架，上课传小纸条，疯疯癫癫地臭美，喜欢共同的男生，一起惊艳了时光，然后分开，各自开始不同的人生际遇。

二十五年后，几乎每个人都变成了梦想之外的那个人。

有人沦落为风尘女子，有人成为成熟冷静，巾帼不让须眉的女强人；有人变成了与厨房打交道的平凡妇人；有人将离开人世。

有悲有喜，但丝毫不影响她们一起跳舞，在春花的灵堂，笑逐颜开。

这是最打动我的地方。没有悲伤，没有哭泣，当然会难受，但大家都笑着面对，因为春花没有离开她们，她一直在她们身边，保护她们，看她们笑，看她们哭。

网友说："再多各自牛逼的时光，都比不上一起傻逼的岁月。"

张爱玲写，对于年轻人而言，三年五年就是一生一世。

Sunny姐妹团，她们在各自的生命时光中，留下了闪闪发光的，足以温暖一辈子的美好记忆。

这记忆惊艳了时光，温柔了岁月。

上周末，我到五道口的雕刻时光咖啡馆时，叶桑、荀文然、卓依林和刘夏楠早已来了，桌上放着我最爱的芝士蛋糕和爱尔兰咖啡。

那一刻，我的心间忽然暖暖的，像咖啡馆内那盏巴洛克风格的台灯，泛着柔和暖黄的光。

我和刘夏楠在北京等，她们三个从世界偏居一隅的角落赶来，昨天叶桑刚刚从哥本哈根回来，时差尚未转化过来。荀文然和卓依林，一个从深圳，一个从香港赶来。只为了这周末短短两天难得的相聚。

叶桑说，过去这一年过得特别孤单，特别是冬天，四五点就天黑，早上八九点才看见日光。寒风无孔不入，世间的一切都被黑暗包裹，心情抑郁而敏感。翻遍手机通讯录，找不到一个可以午夜接她电话而不挂的人。

我也常常有这种感觉。不知道从什么时候开始，我越来越讨厌花时间和精力来重新认识新朋友，了解他们，再深交。

闺中密友，永远都是过去那五个，半年不联系，但还是会在冬天来时寄手套围巾给你，因为知道你怕冷。

去年，我们五个人都经历了生命很重要的时刻，我们都陪在彼此身边，一起见证了那些一生一次的时刻。

我们在苏梅岛，见证刘夏楠和她青梅竹马二十年男友的婚礼；我们飞去遥远的北欧，参加叶桑的毕业典礼；我们在广州，庆祝荀文然成功地拿到了新西兰一年的打工签证；我们在香港参加卓依林的新书发布会；我们在北京三里屯喝得一塌糊涂，为我庆祝创意大赛获奖。

虽然，我们依然分离在世界的各个角落，没办法相拥相伴。我们也许常常失意心塞，没有那条抹眼泪的丝巾，但生活还是那么美好，因为有你们。

所以此去经年，就算前路漫漫，风霜雪雨，也要把酒言欢，一路高歌。

B

不畏将来，不念过去

做一个树一样的女子

两年前，我去草原旅行。

黄昏时分，走路回民宿，漫天彩霞将草原染成几种不同的颜色，像被打翻的颜料般随意而绚丽。落日的余辉映照在无边原野中仅有的几棵树上，打出长长斜斜的影子。

路的尽头，是牧人牵着一匹马，孤独地走着。

三毛的那首诗《来生做一棵树》自然而然地出现了脑海中：

如果有来生，要做一颗树，站成永恒，没有悲欢的姿势。一半在尘土里安详，一半在风里飞扬，一半洒落阴凉，一半沐浴阳光。非常沉默，非常骄傲，从不依靠，从不寻找。

有时候，成熟是一瞬间的事，不在乎时间长短。

该经历的事总是要经历，既然无法避免，那就勇敢地面对。这不过是最实在的处世哲学。没有什么事能善始善终，也没有什么人会陪我们很远。

很多事情，并非争取了，努力了，就会有个好的结果，比如爱情。

只不过是不想让你自己后悔。可是，常常却是那些粉饰性的字眼一次次让你心安理得地勇往直前，无所畏惧。

你不知道，在别人眼中，其实，不过是个小丑，仅此而已。

你的偏执，也许，用在了错的事、错的人上。

我记得那段时间你的痛苦，爱是那么身不由己。如果可以，你说，你也不想爱上一个不爱你的男人。

绝望的时候，我们陪在你身边。

你自嘲地笑笑，我是不是很傻。我不需要他常常对我嘘寒问暖，不需要他为我买东买西，我甚至不需要和他天长地久。我只需要，他有那么一点点是真心爱过我就好。

是，你真傻，傻得自尊都可以抛弃，傻得低到尘埃里，还开出颤抖的花，傻得大家只想给你两巴掌，好让你彻底清醒。

不出意料，那个男人再也没有出现过，在你和他某次冷战后。

你后悔对他发脾气，你后悔冷战，以为不冷战，他就不会离开你。这样也好，早点离开，对你来说，越早解脱。伤痛虽然难以接受，但总好过温水煮青蛙，不知不觉就耗掉半辈子，而无法脱身。

有的时候，你只需要对自己狠一点，狠一点，再狠一点。

这个世界，有些人出现在你的生命中，只是为了告诉你："你出现过，丢下过我，我才明白遗忘并没有想象的艰难。这或许是你给予我，最后的意义。"

一个人能拥有的并不多。大多数人都只是过客，最终还是要离开的。

"爱是两个人的事，如果只有你还执着着，纠缠着，原地打滚痛苦地爱着，时过境迁之后，你会发现是自己挖了个坑，下面埋葬的全部都是青春。"你曾经说很喜欢这句话，还念给我们听。现在，你是不是也该说给自己听。

前些日子，好不容易大家姐妹周末聚在一起。

从电影院出来，看到那个他和新女友走过来，你很没骨气地低下头，抓着我们就往旁边走，不想被人发现。那双手，因为紧张而不停地颤抖。

但亲爱的，你根本不需要这样。

狭路相逢勇者胜，你听过没？

越是这样狭路相逢的时刻，你越要昂首挺胸，开开心心地笑对他和新女友。不然，人家以为你还陷在那段恋情里走不出，只会更开心。

因为，确认你还喜欢我就好。这是大多数男人分手后最乐意看到的。

后来，我们边说边笑地经过他俩身边，斜眼都不瞅一下。形势上不比人家强，表面上装还是要装得过去。

这无关虚荣或逞强，是心态。

纠结的，不是别人，正是你自己。

对你自己而言，没有无可奈何，也没有遗憾之说，它只是你漫漫人生路上的一个教训。在年少轻狂的青涩时光，你那段空白而自作多情的记忆，就让它一直保持原样好了，有时候，不完美即意味着完美。

人生有那么多的遗憾、教训、不舍、离别、痛苦，这一点点，不算什么。在特定的年龄，能幼稚过能偏执过或许还是件好事。

那些过去的就让它过去好了，像泡沫般不留任何印记。

期待是一切痛苦的根源。不再有所期待，我想，你大概也不愿痛苦地生活。

每个人都在过着看似平淡却急匆匆走向不同方向的道路。

每个人都在失意的事中或主动或被动地选择了新的开始。

每个人都在时间的推动下，不声不响地开始新生活。

而这，是你可以并且能够选择的方式。

是像一颗树般昂首挺立，还是像地锦，永远依附于他人，缠缠绕绕？

亦舒说，聪明的人从不报复，他们匆匆离去，从头开始。

现在，你终于开始过得那么好了。

每天二十四小时，花十个小时做你喜欢的事。和那些可爱有趣的同事一起工作吃饭聊天，一起替他们过生日，一起去喝酒，一起去学探戈，一起去打网球，一起去做美甲，一起接受客户的赞美与认同，那都是每一天最最开心的时刻。

你愿意花五个小时，文火慢炖一盅麦冬雪梨椰片汤暖胃。

睡之前，看看喜爱的书，或者电影，任凭思绪胡乱纷飞。

你知道，这是一座山，没有人陪你一起爬，也没有任何可以支撑的东西，唯一能支撑的不过是自己的意志力。

你得慢慢地一步一步走出来，就算是脚踏荆棘，也决不能有半点退缩。因为，这对你来说，是最佳的选择，也是最好的路。

这样一个人的状态，你已经很习惯，也感到很安心。

不再害怕，也不再焦虑。

晚上抬头望着晴空，为自己默默地点赞。

后来，你身边也出现了那个视你如珍宝的人，千帆过尽，只取一瓢饮，终有一人快马加鞭而来。

那个真正爱你的人，他不忍心让你久等。

你再也不会悲伤，昂扬成了你永恒的姿态。那个重要的人欣赏你，支持你，护你周全。

你坚强自信地挺立，像颗树一样，倔强而亮丽。

时光微凉人安好

中秋节那天下午，我从圆明园走去清华西门见一个台湾朋友。

两年半前，我们才刚刚认识。那时，接待台湾杰出青年访问团，我负责全程摄影拍照。在欢迎晚会上，被他们一群台湾青年强拉着上台与之互动。

主持人说到某个数字，大家要抱在一起凑成那个数，落单的则直接出局。主持人刚开口，台湾青年便团团抱住，只有我傻站在旁边，不知道该走向哪个圈圈中。

面对那些长相相似，却来自不同地区，有着不同经历的同胞，作为台上仅有的一个大陆人我忽然不懂得该如何走到他们身边去。电光石火之间，右边的人伸出手直接把呆楞中的我拉了过去。

晚会结束后，我们知道了彼此的名字，他送了我一块木刻的台湾地图。

他是我交到的第一个台湾朋友，也是我第一次收到台湾朋友的礼物。

当时，他将要来大陆交换；而我，已买好三天后去台湾的机票。

我们都错过了彼此在台北再次相见的机会，却没有理由地笃定，将来某天依然能再见，在北京或台北，或世界其他的角落。

快到清华西门时，他打电话告诉我，他站的位置。那会儿，我刚走到路口，准备过红绿灯。

我其实很担心找不到他。

两年前的相识，那么多名字，那么多张面孔同时与你相熟时，你什么都记不住。两年未见，中间又联系甚少，他的样子在我脑海中已变得模糊，像是玻璃蒙上了雾气，一片混沌。

可当我走过人群，却一眼能认出站在花坛边的他。

有些人认识很久却感觉很陌生，有些人刚相识却感觉一见如故。

有点难以置信，两年前才匆匆相识，一个在台湾，一个在大陆，如此幸运还能在一起喝咖啡，好像梦一般不真实。

“为什么不会再见，我又不会挂掉。只要活在世上，无论相距多少英里，都有机会再见面啊。”他非常诧异地反驳我。

那天晚上，从咖啡馆出来和他散步，一轮圆月高悬于天际，依稀还能遥望到几颗星星，风轻轻柔柔地吹拂，我闻到空气中浓郁的咖啡香。

我曾想过，中秋这天要一个人去吃顿自助餐，买最大份的爆米花和可乐看一场喜剧电影；或者买上一大堆零食躲在家哪儿都不去，等着半夜十二点对着月亮许愿。

但却从来没想过，会有个跨海而来的朋友陪我过我其实很讨厌的中秋节。

他说，真开心，在大陆第一个中秋节，有你和我一起过。

我忽然想起，这几年的中秋，又是谁陪在我身边？

去年中秋，我在杭州出差，是在埋头写方案中迎来中秋的。

写完方案是凌晨三点，睡了不到两个小时就被设计师的电话吵醒，讨论他新设计完的创意。

合上电脑的那一刻，我打开窗帘，才发现天已经亮了，酒店楼下的餐厅飘来了烤面包与黄油的香味，街道上又开始车水马龙，整个城市早已苏醒过来，又恢复了它的喧嚣与浓妆艳抹。

而我，又是这样一夜未眠到天明。

上午，跟客户提案并不顺利，被客户一直质疑。过节的心情像泄气的皮球，扑哧一下没了。提完案和客户吃过中饭后回到酒店，两天几乎没睡的我倒床即眠。

再次醒来时，已是第二天早晨。

第一次，我在沉沉睡梦中度过了中秋节。

没有扰人的短信与电话，没有聚会落单的孤寂，当然也不会有团圆赏月的温馨和幸福。一切，不过是瞬间的记忆错空。

我直接跨过，好像也免了那些徒增的感伤。

2012年的中秋，我和男朋友，还有豆瓣上一群文艺青年去了坝上草原。

刚入秋的草原，草已经枯黄，却有另一种说不出的苍凉之美，我爱极了。那里有片白桦林，风一吹，树叶沙沙作响，像是伴奏，只等朴树嗓音沙哑地唱出那凄美的爱情之歌："心上人你不要为我担心，等着我回来在那片白桦林……"

我一个人不敢骑马，他牵着我的马走了差不多四五公里的路，脚上直接涌现了N多个水泡。晚上的篝火晚会，在民宿店老板破旧音响的伴乐中，我们一起跳舞，明亮的月光下，他偷偷亲吻我的脸颊。

草原，中秋，骑马，篝火晚会，还有身边的他。

那是我愿意此生就此停留的幸福得晕头的中秋之夜。

遗憾的是，那个完美的中秋后来成为了我有意识抛弃的记忆。

因为，最终我们还是分开了。

2011年的中秋，为了早上六点见到萨芬，我和欢欢提前一晚去了机场。

在凌晨的机场大厅，因为萨芬，我们认识了好多天南海北的朋友。我们把月饼当作夜宵，感谢这辈子居然这样的好运气能见到萨芬。更重要的是，天南水北的我们，此时此刻还能陪伴在彼此身边。

后来，每每回想起这个中秋，就像她所说，眼前都会是那天清晨见到萨芬时的怦怦心跳和夜晚北理工操场的大月亮，翻出照片和日记，把那一天在心里再过一次。

如果不细细回想，我还未意识到这些年，我是在不同的城市，跟不同的人一起度过中秋。那些人中有朋友，有闺密，有同事，还有过去的恋人。

每一个人都在我的生命中出现，并扮演着那么重要的角色。

我和他们每个人都走过了一段时光，有些时光已逝去，有些时光是钟表上秒针刚刚走动的距离。

未来，无数个中秋节，也许有人陪我过，也许我自己躲在地球上某个异国他乡没有地名的夜空独自赏月。但一点关系都没有。

纵使岁月悠长，时光微凉，旧人新事依安好，再可叹，此生无憾。

每段日子都是最美的时光

一直都很喜欢舒淇，感觉她就像家中的那只猫，可以乖顺地趴在自己的腿上，也可以乖戾地冲着自己撕咬，而后傲气地逃匿一旁。

她凭着侯孝贤拍摄的《最好的时光》得以封后，终于不再被人指摘为花瓶。

那部影片，由于这样那样的缘故，一直延宕着未看，直到上周末，才在暖暖的午后翻出来。影片以三段式的形式讲述了三个不同时代的故事，分别以“恋爱梦”“自由梦”“青春梦”命名。

我并非一口气看完的，那些似雨般的音乐，缓慢安静的情节，总该在特定的时间里才能体会到它的美。

不得不赞叹，侯孝贤拍摄的水准之高。光与影的结合，每个画面中构图的设计，镜头过渡时的流畅，背景音乐的烘托，言语与举止的精心设置，都让影片蕴含着一种温润如水的张力。

1910年，1966年，2005年。那些时光已离我们很远，但是回头看时，觉得时间流逝了，但是那些藏在时间中的美好却仍存在着。

我们总是说，最好的时光已经过去了。然而，静下心来想想，十年之前，我们也有着这样的想法，但如今再看那十年之前的时光，竟会不自觉地说道：哦，那是我最好的时光。

在那所谓的最好的时光里，我们忙着恋爱，忙着受伤，忙着折磨旁人与被旁人折磨。直至，一切涟漪都归于平静，那段时光也被耗尽。

然而，路途如此之长，时间永不会流逝至尽，只要生命的河流还未干涸，回头望时，总能望见最美的时光。

“恋爱梦”发生于1966年。台湾某个小镇的桌球室中，放着那首《Smoke gets in your eyes》。一个男子在一遍遍的挥杆撞球之后，给桌球室中做计分工作的女孩写了一封简短的信。信中如同那首放着的美国歌曲一样，不缓不慢地诉说着他无处可寄的忧伤，以及杂草般的心绪。

信终究如石子一般，沉入了海底。几天之后，那个女孩儿走了，另一个女孩儿前来顶替她。

在与舒淇扮演的这位名为秀美的女孩儿撞球之后，他便回到了部队，并开始给她写信。

与此前不同，他收到了回音。于是，在仅有的一天休息时间中，他决定来看她。

当他再次走进那家桌球室中，发现她早已不在此地。在打听之后，他开始走遍整个台湾，只为寻到与自己只有一面之缘的秀美。或是乘船，或是坐车，或是步行，他辗转于基隆－台中－云林－嘉义－台南－高雄之间，最终遂愿。

再次见到他，她心里欢喜着，却只是频频笑着，不说一句话。他看着她几乎傻气的笑，自己也笑了。

下班之后，两人在街边吃了一碗云吞面，热气就那样在脸上腾着。

在等车之时，几经犹豫，他终于颤抖着握住她的手。她没有看他，十指却与他紧紧相扣。

故事就这样落下帷幕。情节过分简单，甚至于有些突兀，但对于他们而言，这就是最美的时光。等待、寻找、牵手时，最美的时光便已存在。

侯孝贤在拍完这部影片后，曾在采访中说道："……年轻时候我爱敲杆，撞球间里老放着歌《Smoke get in your eyes》。如今我已近六十岁，这些东西在那里太久了，变成像是找欠的，必须偿还，于是我只有把它们拍出来。"

如此看来，这里面也有着与他自己曾经的时光的影子。

画面转入1910年。美国情歌的余韵还未消尽，一段铿锵的南管乐便响了起来。

她是一名艺旦，而他不过是个有家室的读书人。他每每开口总是自顾自地谈论国家之事，只字不提伊人如何如何。

他总是来了又去，而她也总是一次次地提着暖壶为他倒水，温热他的手与心。

他是理性的，清醒的，所生的情愫也是克制的。她明知如此，却仍怀着微弱的希望，等着他为她赎身。

他们都有着一个关于自由的梦，只是他的梦大一些，关乎国家；而她的梦小一些，只是为己。然而，无论是国家，还是为自己，这梦终究是一枕黄粱。

对于他们而言，那最好的时光并非当下，也不属于未来，而只是存在于过去中。她将一段余音绕梁的南管唱出时，他的书信寄来时，他们在昏黄的灯光下相向而坐时，都是最好的时光。

朗费罗曾说："每个生命中，有些雨必将落下。有些日子，注定要阴暗惨淡。"艺旦与读书人的故事，在开始之时，就注定了是这样无疾而终的结局。但在各自的飘零之中，他们心中虽含苦痛，仍是无悔。

影片的第三段，诠释了现代社会中，你我常见的"青春梦"。

舒淇饰演的靖，眼睛上涂着浓重的黑眼影，头半侧梳着斜发，冷漠而疏离，颓废至荼蘼。她以青春为名，尽情地挥霍着与爱有关的时光。无所顾忌，向死而生，不理会旁人，只在乎自我。

在那段故事中，是三个人纠缠与激情，无法评判对与错，他们只是按照自己的方式，寻求着温暖与爱。即便这爱，存在于同性之间。

当看到靖和张震饰演的震，骑着摩托在路上飞奔时，莫名地就被触动了。这不正是我们的青春吗？没有目标，没有方向，却因和某个人在一起，就觉得拥有了整个世界，肆无忌惮地一路飞奔着。正如三毛所写的那样："不管他要带我到哪里去，我的车站，在他身旁。”

他们最好的时光，或许就是这只此一回的飞扬着的青春吧。

莽撞着，焦躁着，却仍叫人艳羡着，张望着。

或许每个人都无法轻易回答，哪一段时光最美。因我们总是在不断延续的生命中，发现新的温暖与感动。

最短暂的时光，最平淡的时光，被辜负的时光，都是最美的时光。因短暂而弥足珍贵，因平淡而重现琐碎点滴，因被辜负而心存惦念，所以在垂暮之年，当我们坐在藤椅上回想过往时，在心底最隐秘处浮现的那些日子，都晕染着不可置疑的美感。

人生由你自己来消化

有家我很爱去的书店，除了有免费阅读区，还有一大特色是墙上贴着的各种各样的“故事贴”。跟大多数奶茶店墙上贴的告白帖不一样，这里每一张纸上都是一个故事。大多是跟无法排解的烦恼有关。

比如——

“三四年前，在一家小公司上班，工资低又总挨老板训，辞了职出来开了家精品店，生意一直平平淡淡，日子也索然无味，逮着个人就开始大吐苦水，特别是男朋友，承担了我很久的垃圾桶，现在想起来还觉得有点对不起他。后来他受不了跑掉了，我心情更郁结了，随后我的身体也出现问题，切掉一个卵巢后，母亲的白内障也犯了，我强撑着身体的不适照顾母亲，人生好像到了谷底，我似乎得了忧郁症。”

还有这样的——

“还没拿到毕业证，工作也只能拿实习工资，一天四十块，还不如我下班以后在餐馆收拾碗筷赚的钱多。那家餐馆盘子都大，一不小心砸碎了一个两个，那天就算白干了。我不想呆在这里了，过年回老家可能就不打算过来了。以前计划是四五十岁再回老家，开个小诊所，我爸是市中医院出来的老医生，最近去世了，我也是学医的，我想把他的诊所开下去。”

我有个朋友，在二线城市一个人们艳羡的“油水衙门”当公务员，月工资据她透露，比我们这些挣扎在一线城市平均线上的，多了不止一倍。

这样的单位，当然不是喝喝茶看看报就能下班的地方，她也累，好几次晚上快十二点才离开单位，她曾笑言，她是他们单位的“灯塔”，她办公室熄了灯，单位的灯才算全灭了。

她的年假很少，但是都攒着去旅行。有时候跟最好的闺密去，更多的时候是自己一个人踏上行程，没有一次是和男朋友一起。

我问过她为什么，她说，别人的时间总是很难对得上，有时候很累很压抑，就特别想马上找个别的地方放松一下，不用照顾熟悉的人的情绪，或许还能在旅途中交上一两个合拍的朋友。

“你知道，能够一起旅行的，要多默契才能不‘友尽’。”她摊手说道。

据说日语里有个词叫“成田分手”，就是因为在旅行这种频出状况的高压环境下，不少新婚夫妇蜜月旅行回来，在成田机场直接分手了。

不管对于情侣还是对于关系比较好的朋友而言，因为存在情感因素，不能强硬地运用办公室里训练的协作技巧，更容易“火星四溅”。

刚开始，她去一些比较悠闲舒适的地方，比如厦门，在海边踩细沙，听海浪声，到鼓浪屿喂猫，去那些文艺的店铺挑明信片、喝下午茶；或者在丽江，晚上去不同的酒吧喝到不醉不归，白天睡到中午起床，小街小巷都还没什么人，下午坐在小院晒太阳，过一段不紧不慢的时光；春风拂面的时候到江南走走，听琶音，喝龙井。

如果旅行只是放松，那么就失去了大部分的意义。有一天，我拍了张印有“上班不如种田”字样的搪瓷杯子上传到微博，配文是：下班前一个小时的心情如下。她给我留言：早就是这样了。

“从前以为，旅行的意义就在于给工作减压，回来以后才能有勇气继续为柴米油盐奋斗，后来，每次回来没多久又开始厌倦工作和生活，而且，那种旨在放松的旅行能够治愈的时间越来越短，反而让人产生许多不切实际的幻觉。”她告诉我。

后来她去了西藏。在出发前，她就想好，不是为了“洗涤灵魂沐浴身心”这种假文艺借口，也不再只是抱着“休息一段时间”的目的。她想走更远的地方，想看清楚除了美景，旅行还能带给她什么。

在那根拉山口海拔5190米的地方，她喘气已经非常困难。她张开大口吸气，鼻腔尽量缓慢地呼气。

从来没有一次旅行这么费力过，当她终于到达俯瞰纳木错的制高点，看到碧蓝得仿佛调到了最高饱和度的湖水，在洁白尘不染的雪山下静静躺着的时候，她说，突然明白了康德所说的，人的意识和整个外部世界，以及一切经验与一切事实，都完全从脚下扫除干净了。

我们有什么可依附或坚持的东西？工作？薪水？不得不拿出时间和精力维持的社交？不，这些都不是我们精神的支柱，而恰恰是这些东西，让我们的无处安放的灵魂和梦想日日在空中游荡。

为外部活得久了，容忍曲线就容易走低，领导满意你的工作，同事们都还挺喜欢你，薪水加得频繁，生活到这里，肯定还不错，根本无法解释内心充满厌倦的原因所在。

人可以凭借自己的努力和毅力去达到某个高度，但是有些东西，是无法靠自己去完成自我掌控的，比如性格。

性格之于每个人，不是依附着随心所欲形成的东西，而是有另外一套意志力支撑的小铁人，在我们不断地塑造“它”的时候，也是在用个人意志、理性和同情心去和我们的自私、懦弱、傲慢作斗争，这一过程，我们没法自己完成，必须通过外部援助。

有一天她告诉我，她也去过那家书店，也喜欢那些墙上的故事贴，但她更喜欢去翻看那些关于个人旅行的足迹故事——

1

“我去过最远的地方是非洲，正如我们普通人的印象中西藏是强光、干燥和飞沙走石，非洲之前在我的印象里是沙漠、骆驼、烈日和黑人。当然，网上也有许多揭露在非洲工作是多么‘非人’的生活，我没有亲身经历，只是作为一个游客，我感觉还不错。遇到过一个当地司机，五十多岁的样子，他载我们去了很多地方，每到一地都兴致昂扬地介绍当地的风光，我们问他，总是重复这样的路线不会厌烦吗？他说，你们不知道我做这份工作有多开心，天天都和大自然打交道，每一次再到之前去过的地方，总能发现一些不同的景致。‘人生处处都是惊喜，还有更好的生活吗？’他这样说。”

2

“去年年底，我结束了研究生考试，为这次考试，我耗尽了所有的精力和期望去复习，不敢想象如果落榜了会怎样，或许会直接去找工作吧。在那之前，我想计划一次旅行，就当作奖励自己那场旷日持久的战斗。

订了去香港的机票，但是临时航空公司给我打电话，说系统出错，那趟航班其实早就满员，我只好飞去了大理。古城、桃溪谷、沙溪、双廊、诺邓，我从来没有见过这么美的地方。

我住的小旅馆，有点破，有点挤，但住的都是天南地北的年轻人，我还做了一小段时间的义工，为的是遇见更多不一样的朋友，听更多在家听不到的故事。那段时光，无论天地山川，还是相关的无关的人，都在回应给我正能量。我打定主意，回去以后，如果没考上，我就再考一年，绝不为失败而仓促地去选择一份不喜欢的工作，学术才是我最想走的道路。”

3

“自从打定主意要离职，就没等到年末，反正我们公司也没年终奖。大年三十，我在越南河内的火车上度过，车厢里哐当哐当响着的，都是破落的孤寂。下了车，路上的摩托车流汹涌如蝗虫，两旁是五光十色的店铺，女孩子最喜欢了，但是又怕被宰被骗，在火车站口东瞄西望，瞅见俩差不多年龄的姑娘，上前一问，嘿，果然是中国人，于是决定结伴同行。

我们在热火朝天的食肆里，和那些裸露着膀子的男人们一样，随便坐在路边，吃烧烤、喝冰饮料、吃粉。有种叫‘蘸酱鱼露’的调味料，闻起来又腥又臭，我们捏着鼻子蘸了送入口，舌尖却萦绕着一股说不出的鲜美。因为那碗鱼露，我们每个人都吃了好几碗海鲜。因为计划的旅程不同，我和那俩女孩第二天就分道扬镳了，她俩走时还给了我打车钱，说真的我都差点忘了。”

4

“我和老婆打算国庆节骑行去山东烟台玩，从北京出发，沿着国道省道，全程750公里，计划四天完成。当时想的是，吹着海风，奔跑在宽敞平坦的马路上，身边还有最爱的人，实在是件很享受的事。

第一天确实很兴奋，看到了天津漂亮的白塔，圆锥体造型的旗杆，不过体力消耗太大，晚上睡觉的时候疼得不敢翻身。第二天早上顶着三四级风骑了大半天，两旁都是海，感觉在海中间骑行，一路有海鸥相伴，下午骑进了一条笔直的路，原先设想的那种公路上骑行的自由畅快感觉只有一小会儿，很快会感觉到意志受到严峻考验，因为骑了很久，你眼前始终还是这条直直的公路，甚至路边的树都长得一模一样，很让人崩溃。

最令人感慨的是在东营看到的黄河入海口，以前在兰州见到的黄河，因为是源头，水量很少，这里就不一样，入海口处黄河骤然变宽，真有种小学课本中说的‘奔流到海不复回’的气势。最后快要到达的时候，屁股磨出了硬结，用如坐针毡来形容一点都不过分，但是不敢停下来，怕再次骑上去会更痛苦。

这是以前我想都不敢想的事情，现在我做到了，而且此行让我们夫妻的感情更好了，半路上我右腿肌肉其实已经拉伤，钻心的疼，那段夜路是老婆在前面打了很长一段路程的前阵，我盯着她的小小红色青蛙灯，知道必须坚持下去，那就是我的动力。”

旅行的真正意义是什么呢?

你会不断地遇见未知的事物，未知的困难，未知的人，这些都将不断地观照你的内心，你的缺陷会在不断被冲击中放至最大，你无法再像平静生活里那样自欺欺人。那些事，那些人，或许会给你片刻欢愉，给你自由的感觉，但最重要的是丰富你的个性，回来的时候，不会依然故我。

时间不能治愈的，让旅行去解决。

以前看过一档韩国TVN电视台播出的电视剧，叫作《一起吃饭吧》，片尾那首题为《饭》的诗很让人动容，在这里容许我稍微改动一下作为收尾:

与其因为孤单吃很多饭，因为厌倦睡很多觉，因为悲伤哭得很多，不如出去走走，看看有没有更好的解决办法，反正人生都是要由你自己来消化的。

我们终究都要往前走

故事从一次火车上的旅途说起。

那是一次十人的大队伍，领队在入口发火车票的时候我站在小鹿的旁边，小鹿的另一边是个斯文秀气的男孩H，后来我们三个拿着相连的票号坐在了一起。小鹿靠窗，H坐她旁边，我坐小鹿对面。火车上的时光总是冗长而无聊，有人开始拿出牌来玩，小鹿说不会玩，H说他也不会。

于是我们八个人开始闹哄哄地集体打牌，没有人注意到原本互不相识的小鹿和H是谁先开始说第一句话，他们在聊什么，只是我在一次洗牌的间隙看到他们俩头靠头在看H的手机。

晚上十点，车厢熄灯，他们嚷嚷第二天继续打牌，我在昏黄的灯光里看见对面的小鹿已经靠着窗睡着了，H小心地给她掖了下盖着的外套。

后来小鹿承认他们就是在那次的旅途中一见钟情。也许旅途的冗长是触发各种缘分或是寂寞的机关按钮，我也听说过不少在火车上发生的动人故事，但是小鹿坚决否认了这是一种浪漫，因为在年轻又没钱只能坐硬座的二十几个小时里，一个女孩子不洗脸不刷牙带着满身满脸的疲惫，怎么都不算是美好的遇见。

但H后来对我们说，那是他觉得小鹿最美的时刻。

他陪她在火车上的厕所门口排队，火车摇摇晃晃，他俩面对面站着，他都不敢伸手去抱住她。那个时候，小鹿在H心里是不敢触碰的珍贵。

我们都知道每个男孩心里都有一个沈佳宜，不一定是初恋，但整个少年时光都曾因她而闪闪发亮。

后来小鹿和H也没有在一起，具体原因她没有说，只是有一次小鹿喝醉了，靠在我肩上说，他要走了，他说我一直没用过心，他怎么可能知道我曾经仰望他如同仰望星空。

H去了美国。不久后小鹿接受了班里一个追了她很久的男生，小鹿牵着他的手给大家介绍，男生高高瘦瘦，白净的脸上还会因为我们的起哄而微红。他们像连体婴一样在一起，上课下课，吃饭上自习，很多次我在食堂看到他俩面对面坐着，男生比划着说话，小鹿大笑。

后来大四没课了他们去很多地方旅游，西藏、云南，也走到老挝、越南，在那里给贫穷的小孩上课，她发照片在脸书上，笑得很开心。再后来听说他俩见了双方父母，据说都很满意，准备毕业结婚。

快毕业时我们聚会，叫上了小鹿，男生没来，我们起哄说是不是他要发奋工作养家攒奶粉钱，小鹿淡淡地说他们分手了。

与此同时我们听说H回国了。我私下问小鹿，是不是因为H。她说，我以为时间会让我忘了他，所以我一直都不急，这些年我的星空熠熠生辉，但当他站在我面前，忽然之间，我心里有种东西在激越地跳动着，想要去实现什么，我就知道，他回来了。

H这时已经不是单身。但是谁能抵挡曾经放在手心都小心翼翼的迷恋，我们都不是神。

他们开始偷偷摸摸在一起，我们帮着H瞒着他的女友，他们像所有人都会唾弃的无耻的男女，打着重逢的借口，上演真爱的筹码。

我问H，你为什么不光明正大地和小鹿在一起？H思考良久才说，这是我放在手心都觉得珍重不了的爱情。

我当时以为H在说谎，谁不愿意一边良人一边佳侣，直到后来我谈恋爱也遇到这样的问题，才明白的确有些东西我们不舍得放在我们肮脏地生活着的世界里，即使小鹿和H这一段感情在外人看来同样无耻。

小鹿说她也不愿意做小三，但又什么办法呢，我们都不知道怎样选择才会幸福，不知道为什么那些问题没有答案。

这样的甜蜜自然过不了多久，小鹿开始抱怨H陪她的时间不够多，开始无缘无故地哭泣，开始在吵架的时候说再也忍受不了这样不正常的感情。

有一天晚上小鹿问H在哪里，H说在会所陪客户，过了一会H给小鹿发来一条短信：如果我要你跟我一起回美国，就我们两个，也许刚开始会很艰难，你愿不愿意和我一起吃苦？

小鹿问：那她呢？H没有再回，小鹿打电话过去，H不接，小鹿再打，H再挂断，反复了几次，H发了条短信过来说：我明天再和你说，领导叫我了。然后小鹿再打，对方已经关机了。

那个时候我和小鹿站在深秋的B城街上，不知是冷还是什么，小鹿咬着牙一直哆嗦，我问她要不要去找H，她说算了。

她说，有一次她和H出去玩遇到了无良的黑车司机，半路把一车人骗下来就走了，很多人抱怨并开始拿出手机寻找附近是否有出租车路过，他们俩却快乐地拉着手唱个歌打算这么走回去。

那时已是晚上，星星次第在夜空中出现，H给她指认各种星座，那天她还看到了美丽的银河。她说，那是她看到的最美的银河。

她说其实她和H都知道接下来会发生什么，我们都是世俗里的人，放在手心的珍珠始终要放下，才能拿起锅瓢碗筷过人间烟火的生活。就像我们谁都不能指着星空过风花雪月的生活，仰着头那么久也累了。

小鹿说，这样疯狂的迷恋本来就是一种病态，每个人年轻的时候都有过这样的迷恋，我们应该原谅自己了。

小鹿大病一场，我去照顾她，那个和小鹿好过的同班男生来看她，小鹿说她没有勇气面对她无法回报的善良，然后蒙上脸不再说话。

我打开门拦着男生把小鹿的话告诉他，男生苦苦哀求，说就让我看看她，我不打扰她，看看就走。我没办法就让他进来，小鹿躺着一直不动，也不说话，他也真的定定看了一会就离开了。

小鹿病好后到单位辞了职，然后就离开了B城。她说，以前是因为太喜欢，不舍得和他谈恋爱，后来知道注定失去反而想要和他好好爱一次，不管以后各自会走向怎样的轨迹。

临走前我们包了个房给小鹿开了送别趴，没有叫H，小鹿点了一首张悬的《模样》。

她的声音颤抖而哽咽。

真爱是一见钟情互相喜欢，还是永不消失的爱呢？这个世界有永不消失的爱吗？我不相信，有些人一等一辈子就过去了，有些人一等就觉得一辈子好长啊。我们都要向前走了。

这个故事的结局是，小鹿今年十月要做妈妈了。小鹿离开B城以后找了个大学教师，恋爱到结婚大概只用了一年时间，我从B城赶去做她的伴娘。

婚礼上她笑得舒心又放松，我知道过去真的已经是过去了，我们都曾经假装无敌，认真哭泣，在黑暗里寸步难行，把星光当成唯一的拯救，但最终我们还是会回到世上的光里。

这个故事没有特别尊重细节，因为我想讲一个大家可能都能从里面找到模糊影子的故事，虽然最后发现桥段老套，感悟老套，但是还是有一些人告诉我，他们很喜欢，所以还不算太糟糕。

我想说的其实是，不是你一个人才经历过分别和聚合，不是你一个人才在夜里哭泣过。呐，总有一个人，也在那时的星空下，无望和孤独过。

C

不攀附，不将就

做自己的螺丝小姐

朋友来北京考注册会计师，我们约了时间去繁星戏剧村看了场话剧《螺丝小姐》，那是一部关于职场的浪漫音乐剧。

到戏剧村时，还在纠结到底看什么的我俩不约而同地被这部《螺丝小姐》海报上的那段话所吸引，半分钟都没犹豫就直接先睹为快了。

海报上写：献给栖息在北京城，奋斗在职场里，同时又迷失在爱情中的都市白领，不是白富美，拒绝公主病。

戏剧结束，走在回家的路上，皓月当空，星星点点，朋友忽然说，你觉不觉得青青就是这样的螺丝小姐？

我想起了宣传单上的那段话，现代都市生活中有种女人，她不是白富美，也没有公主病。她是拥有正能量的“螺丝小姐”。工作上，她乐观坚毅，是办公室不可缺的“螺丝钉”；感情上，她脆弱敏感，经常把自己死锁在爱情里。

每个人身边都一个“螺丝小姐”。

也许，你自己就是“螺丝小姐”。

我们的朋友青青，她何尝又不是自己的螺丝小姐？

青青两年前去了德国，是公司总部从北京分公司选拔提升过去的翻译，常驻海德堡。

前两天和她视频通话，有个男人在她旁边，温柔而安静地看着她。我们笑说，什么时候交了男朋友都还不告诉我们。

“不是男朋友，是老公，上周我们已经领证了。”青青一语惊人。

两年前，青青感觉自己被世界抛弃了。

两年后，青青感觉自己被世界拥入怀中。

若你被世界抛弃了，该怎么办？

不去想怎么办，坦然接受，接受被抛弃这个事实，接受痛苦，接受绝望，接受一切，然后忘记被抛弃这回事，当作一切没有发生过，不怨不悔照常继续走下去。

你会发现，终有一天，世界会温柔待你。

这是青青的答案。

青青在八岁的时候，爸妈就离婚了，原因是爸爸喜欢上了一个比他小十岁的年轻女人，青青妈妈一哭二闹三上吊都无法阻止她爸那颗执意离婚的心。

男人一旦绝情起来，便寡情到了极致，海枯石烂也回不来的。

就像亦舒所说，当一个男人不再爱你了，你哭闹是错，静默也是错，活着呼吸是错，哪怕死了都是错。

青青被法院判给了妈妈，她弟弟的抚养权则给了爸爸。

离婚不到两个月，青青爸爸又举办了豪华婚礼，迎娶了那个年轻的女人。

爸爸再婚那天，她妈加班到十一点，回家的路上不幸出了车祸，出租车司机受了重伤，她妈抢救无效，留下她一个人就走了。

据说，青青妈妈临走的那个夜晚，从来不喝酒的她却接受了同事去酒吧喝酒的邀请，两杯酒浸入心中，苦涩难当，只是不知到底是酒苦还是她心苦。

当时，青青妈妈还醉意蒙眬地骂道，男人没有一个好东西。

酒不醉人人自醉，情不伤人人自伤。

多少红颜悴，多少相思碎，唯留血染墨香哭乱冢。尘缘从来都如水，罕须泪，何尽一生情？

妈妈去世后，青青被爸爸接过去和他们一起生活。

那个他们，那个新家，却无法温暖青青一点点。

那个年轻的女人又生了一个弟弟，那个家，以前是四个人，餐桌的椅子配套是四把。如今青青一来，已变成了五个人，椅子要再添加一把，碗筷也要再添加一双，吃饭时，拥拥挤挤，好不别扭。

青青觉得自己是多余的一个暂住别家的客人，找不到属于自己的一点位置。

后妈每天都给她脸色看，爸爸对她漠不关心，弟弟年纪小什么都不懂。这个世界上，青青也只有她自己与自己相依为命。

十八岁，青青考入了全国最有名的外国语大学。她从那个家里搬出来了，开始自己兼职打工挣学费和生活费的生活，彻彻底底地离开了那个所谓的家，没再找家里要一分钱。

在某个艺术画廊兼职时，青青认识了另外一位志愿者。

后来，那个志愿者成为了青青的男朋友。

男生是隔壁学校的学生会主席，能力强，学习棒，指点江山，激扬文字，是众所周知的才子，一大批女生心中的梦中情人。

青青清秀温婉，每年都拿全额奖学金，和他是大家眼中最令人羡慕的校园情侣，私底下被传为金童玉女。

大学毕业后，青青顺利去了一家德国公司。而她男朋友则全力准备公务员考试。男友备考期间，青青像照顾自己儿子般照顾男友的饮食起居。

她重新调整了自己的作息时间，习惯早睡的她每晚都陪着男友到凌晨一两点才睡；早上五点多起床为男友准备早餐后再去上班，从不参加同事聚会逛街，下班后直接奔家里为他煲汤，变着花样准备饭菜，生怕他的营养跟不上。

后来，男朋友考上了公务员时，青青觉得苦日子终于走到最后一步要走完了。

在她满心欢喜地期待未来新生活时，男友却提出了分手。

男友的高中女同学在老家有权有势，一直对他穷追不舍，即使他已有女友多年。男友在考试时瞒着青青直接报了老家的公务员，因为可以照顾家里，他是家里唯一的儿子。

他从始至终都计划着回家乡，而他的未来计划中从未将青青纳入其中。

他愿意倾心的，也许是那个可以帮他大展宏图，早日实现自己抱负的她。

这样的男人，他谁都不爱，他最爱自己。

他们在一起六年。

青青把自己十八岁到二十四岁的时光给了他。

女人拿一辈子都不会再有的鲜活青春做赌注，最后换来的却是人家拍拍手就走的结局。

父母的爱如此短暂，男友的爱如此不堪，这个世界留给青青的除了满目苍夷，还有绝望。

活着的那一点点期盼都被毁灭，青青想到了自杀。

走到河边，滚滚河水奔腾向东，卷起千层浪。青青却丧失了那纵身一跳的决心与勇气。

死是件很容易的事。

但既然死都不怕，那么这个世上还有什么可以让自己害怕的？

青青最终还是走下了河边，走上了远方，她心中的远方，没有停歇站，没有终点的远方。

相不相信爱情是其次了，最重要的是在饱含辛酸后，她仍然不减半分地热爱生活，像刘瑜所说的那样积极乐观地活着，一个人像一支队伍，不气馁，有召唤，爱自由。

即使被世界抛弃，也不放弃做自己的螺丝小姐。

不可将就，只愿讲究

在这个以瘦为美的时代，诸苑辰偏偏要做到胖不惊人死不休。更令人发指的是，她有一个帅得堪比韩国欧巴的学霸理工男朋友。

她不知道什么是节食，也不觉得被一阵风就能吹倒的我们有什么值得羡慕。在多得数不清的下午，我们总是小心翼翼地喝一杯柠檬果汁，红豆奶茶，或是一杯卡布奇诺咖啡，而对玻璃窗后面摆放的奶油甜点敬而远之。但诸苑辰不一样，她总是要一杯热巧，再来两块樱桃蛋糕。

我们看着她大快朵颐，心里羡慕得要死，嘴上却不住地损她，说她脸胖得就跟小笼包一样，一条胳膊比人家的大腿都粗，一条大腿比人家的腰还圆。而她总是能成功把这些话当作吃蛋糕喝热巧的佐料。等我们七嘴八舌说完，她还没吃完，两边的嘴角涂满奶油的残渍，我们都假装很嫌弃的样子不忍细看。

等到碟子里的蛋糕以及杯子里的热巧都被她鼓起来的肚子席卷一空时，她才拿起纸巾抹一抹嘴，腾出时间不紧不慢地回我们一句："我家王赫就喜欢我胖胖的。"

这一句话屡试不爽，总会把我们噎得说不出话来。

在所有的胖子都被减肥折磨得死去活来，或是在减肥与长胖的死循环中无处可躲的时候，诸苑辰却因手上有一枚优质男友而敢于胖出境界。她非但不为自己的胖自卑，反倒是可怜那些单身瘦子。

都说唯有爱与美食不可辜负。但是那些单身瘦子，既没有享受到爱情，也不敢让味蕾与美味亲密接触，这在诸苑辰看来，是人生最大的笑话。

当她第一次把这个理论搬到我们的午后小聚上时，我们面面相觑，就连平日里最伶牙俐齿的小C都找不到反驳的理由。小

C虽无言以对，却给诸苑辰起了一个外号挽回自己的面子。

这个外号是：猪圆圆。我们听到后笑作一团，诸苑辰却大方接受，当猪圆圆就是高圆圆。就这样，我们渐渐忘记诸苑辰的本名，而把电话联系人的名字和微信微博的备注都改成猪圆圆。

猪圆圆大学的专业是日语，毕业后一直在一家日企工作。高薪，双休，稳定。除此之外，公司还拥有自己的餐厅，样式丰富，味道上乘，深得猪圆圆那一颗吃货心。

可是，在一次午后小聚会上，她告诉我们她已经向公司提交了离职申请，也买好了去新疆的飞机票。她说话的时候，嘴里还含着一大口草莓奶油香酥饼，奶油残渍一如既往地黏在嘴角。

在我的记忆中，那应该是我们和猪圆圆最后一次聚在一起，看她那么享受地吃。那个下午，我们都要了一个大杯的巧克力冰淇淋和一大块奶油蛋糕，算是为猪圆圆送行。

我们吃得很愉快，完全不曾感觉到悲伤。即便是有人说了几句煽情的话，也会被我们嘻嘻哈哈掩盖过去。离别是太常见的事，我们都应学着习惯。更何况，猪圆圆这次离开北京去新疆，是为了和王赫团聚。

她和王赫恋爱至今已十年。但这十年之中，有七年的时间分属异地。

高一时，猪圆圆的妈妈每隔一周就给她带来家乡特产。那时候，猪圆圆就已经是名副其实的胖姑娘。而坐在她后排的王赫，则是名副其实的学霸。但这位学霸极其挑食，葱、姜、蒜、香菜、芹菜都不吃。所以，每次拿着饭盒去食堂打饭时，王赫都只能愁眉苦脸地要一份咸菜，就着已经硬了的馒头吃。

猪圆圆对高冷的王赫使出撒手锏，她把美味的特产放到他的书本上。他抬起头扶扶眼镜，听眼前这个胖胖的女孩儿说出交换条件：以这些特产换他放学后的补课。

这个交易直接促成了他们的爱情。

老师心知肚明，但因王赫始终保持学霸地位，猪圆圆成绩也稳步上升，老师只能闭口不言。

高考成绩揭晓，王赫超出一本线八十多分，猪圆圆却刚刚过一本线。所以，王赫考入了中国石油大学，而猪圆圆在一个三线城市学习日语专业。

四年的时间，他们给通讯行业和铁路行业做出了难以计数的贡献。他们像所有的异地恋情侣那样，怀疑过，失望过，争吵过，却从未想过要放弃。

猪圆圆还是把不可辜负爱情和美食当作人生箴言，不顾旁人的有色眼光，吃得心满意足，秀恩爱也秀得花样百出。每次王赫从北京坐火车去看她时，总会给她带很多果脯，她总也吃不腻。

毕业季的那个夏天格外短，感觉还没换上短裙，夏天就已经过去。猪圆圆打电话兴奋地告诉他，北京一家日企给她发来录用通知书，让她毕业后就去上班，实习三个月后就可以转正。在那个电话里，她唯一一次没有提到新发现的零食和小吃街，而是一直絮絮叨叨地说两个人终于要在一个城市生活。说到最后，她才发觉王赫没有说一句话。她问他为什么不说话，他才很小声很小声地说道：他属于定向培养生，毕业后要到指定的地方工作。她很天真地问："指定的地方不就是北京吗？"

"是新疆。"王赫的声音已经小得不能再小。但猪圆圆还是听得一清二楚。

永远是追逐，永远追不上。就像月亮和太阳，只能一个属于夜晚，一个属于白天。

猪圆圆和王赫都接受了命运的安排。她背着微薄的行李和丰厚的零食来到北京，他则带着一颗愧疚的心去了新疆油田。

他们还是异地，还是给通讯行业和铁路行业贡献力量，还是吵架吵不散。当然，猪圆圆一直对得起这个外号。

如果不是那天晚上的突发事件，生活或许会一直这样继续下去。那天晚上，王赫由于连续几天熬夜加班，再加上一直吃不惯单位的伙食，突然晕倒，送到医院后，检查出贫血和高血压两项病症。

猪圆圆知道后，立即向公司请假坐最早的航班赶到他所在的医院。在照顾他的那几天里，她做出这样的决定：辞职来新疆。

猪圆圆回到公司后，上司将一叠文件交到她手中。她歉意地笑笑，没有接那些文件，而是向上司递上一封辞职信。上司自然舍不得放走能力强且为人随和幽默的猪圆圆，便把她叫到办公室，准备给她上一节政治教育课。但还未等上司说话，猪圆圆就又摆出那套爱情和美食不可辜负的理论，说不能自己独享美食而让男朋友受苦，她要去新疆给她做美味的饭。至于工作，哪里都可以找到。上司见留不住她，只能在那封辞职信上签字，并给予她祝福。

她把我们约在一起，向我们一一道别。

猪圆圆去新疆后，依旧和我们保持着联系。但是，随着时间的流逝，我们的交流越来越少。

我只是间接听说，她在新疆并没有找到与专业对口的工作，而是去了王赫所在的单位做了一名在开会时端茶倒水的秘书。

一顿三餐，她变着花样为他做。不出一个月，王赫明显胖了一圈，而猪圆圆平日穿的衣服则松了不少。她看到书架上放着的都是他随时要用的专业书，而她自己那些日语专业书一直压在箱子底下。

单位里有时一连几周都不开一次会，她就坐在工位上浏览网页，可浏览来浏览去无非就是娱乐圈里那些事儿。实在烦了，她就跑到单位门口那家小卖部里买一袋瓜子，但她只负责剥壳，不负责吃。她把那些瓜子仁放在一张干净的A4纸上，下班后留给王赫吃。

每次做饭前，她都会问王赫吃什么。王赫总是忙，有时忙着加班，有时忙着应酬，有时忙着玩游戏，他听到猪圆圆问他吃什么时，便随口说道："随便。"

以后，她还是每次都问他吃什么，他还是说"随便"。问得多了，他就懒得回答，她就自言自语接道："随便。"

连最挑食的王赫都说无论吃什么都随便，她开始怀疑她迢迢千里来到这里的意义。

随便，在她看来就是将就，就是凑合，就是勉强过得去。

而猪圆圆是一个只愿讲究的人。她讲究美食的味道，讲究爱情的纯度，讲究生活的质量，也讲究梦想的深度。当王赫说三餐随便时，猪圆圆便觉得她已经没有继续留下来的必要。

即便是她甘愿放弃自己做日语翻译的梦想，但她从王赫眼睛里再也看不到爱情，以及共同接受琐碎生活的决心。

所以，在王赫再一次说出“随便”两个字后，猪圆圆一字一句地说：“我要回北京。”

王赫怔了好一会儿，然后打开电脑帮她订机票。

猪圆圆把之前囤的美食都留给了王赫，然后提着行李一个人赶往机场。王赫没有去送她。

猪圆圆在换登机牌的时候，乘务员对她说她的身份证信息和订票信息不一致。那时，她才看清楚她的订票单上填的名字是猪圆圆。

其实，她很清楚，王赫是故意写错她的名字，或许这样她就可能改变主意。但是，猪圆圆做出的决定向来很难更改，这次也是一样。最终，她重新买了一张机票，回到北京。

回到北京的猪圆圆不再留恋美食，她开始减肥。减肥不是为了讨好这个以瘦为美的世界，而是重新换一种活法。

有效运动，再加上适当节食，她逐渐瘦下来。她不再是我们口中的猪圆圆，而变成了具有女人味的诸苑辰。

她重新找到一份外企日语翻译工作，因工作细致认真，被老板看重。

她依旧参加我们的小聚会，只是她不再毫无顾忌地吃冰淇淋和蛋糕，而是和我们一样，捧着一杯饮料就消磨整个下午。她什么都谈，只是绝口不提王赫。她什么都说，只是不再说爱情。

她也成了单身瘦子，那个不可辜负爱情和美食的理论，已经成为过去式。她有了新的理论：不可将就，只可讲究。

父母开始着急她的婚姻大事，为她物色各类人士。她都大大方方地去相亲，但在用餐时，她总会拿出一张她以前胖胖的照片，说这就是以前的她。看着对方惊愕的眼神，她又补充道："开玩笑的，这是我妹妹。"即便对方再好言相对，她也会把这个人从名单中划掉。

只有一次，对方看到她以前的照片，笑着说道："还挺可爱的，就跟我妹妹的那只大熊一样。"

她忽然就哭了。这个世界上，除了王赫，还是有人会真正爱她。不管她是胖是瘦，是高是矮，是穷是富。

我们都收到了诸苑辰发来的喜帖，新郎就是那个说她像一只大熊的男人。

婚礼上，诸苑辰穿着婚纱，露出美丽的锁骨。她的父亲把手郑重地交给在礼堂另一端等待着的男人。诸苑辰笑靥如花，我们哭得假睫毛都掉下来。

走出礼堂时，我恍惚看到一个人远远地站着。不知道是不是酒精的作用，我觉得那个人就是王赫。

离开你，就是我爱你的方式

和失恋的姑娘聊天，说起分手原因，总会在陈述了一大堆理由后，再来一句概括总结，其实也没有那么多的理由，还是因为不爱了，所以能够满不在乎毫不犹豫地分手。

不爱，才是最大的理由。大家总是如此安慰自己。

如果爱，是绝不会轻易放弃彼此的。因为只要想到此后余生没有了你，再美的路途，也会没有继续走下去的心情与意愿。没有了你，全世界的繁华都呈现在面前又如何？

可是世上有很多人分开，并不是因为不爱，有时候，反而是因为爱得深沉。

因为深爱，所以懂得，因为懂得，所以慈悲。在你左右为难犹豫选择之际，自己先选择默然离开，成全你。

离开你，就是我爱你的方式。

最近，秦姗情绪持续低落，整天闷在家中，拒不见人。约她出来吃饭逛街看电影，她都兴致不高。经过多方打探，才知道原来她和那个挪威男朋友分手了。

秦姗男友比她小五岁，长得一副浪子模样，留给朋友们的第一印象是花心大萝卜。那双桃花眼很会放电，随便走在路上，都有女生不顾矜持地跑过来找他要电话号码。

他们交往前，很多朋友都表示不看好他们，替秦姗担心。和一个比自己小五岁，而且还有着巨大文化差异的男人交往，会不会要处处考虑到他，心里会不会更累？

可从他们交往三年来看，大家的担心似乎多余了。

在同事眼中，秦姗是典型的工作狂加女强人形象。

身为业务总监的她，每天的会从早上八点半排到晚上七点，凌晨三点还能看到她与客户的往来邮件。面对客户的无理要求，绝对能礼貌而坚定地说“不”，一点异议都没有。

有一次，客户自己内部沟通失误而投诉秦姗团队的设计师，秦姗有礼有节不卑不亢地回邮件给客户写明事实。后来，客户专门写了道歉邮件给整个团队。

职场女强人往往职场得意情场失意。她们在生活中不是受男人喜欢的那一类型，因为没有多少男人会愿意交一个在职场叱咤风云比自己强的女朋友。

除非，那是真爱。

其实在挪威男友身边，秦姗依然是那个秦姗，理智干练强势，喜爱掌控别人，也没有因为有了男朋友就变得温柔可人，做低眉柔顺小女子。

但男友却一点都不介意她又理智又强势又能干。甚至，这些在外人看来绝对不会是加分的点，在挪威男友眼中却让秦姗变得魅力无边。

朋友聚会，有人开玩笑道，Anderson（秦姗男友），你怎么能受得了女强人秦姗？Anderson很诧异，为什么受不了，她非常优秀，那是她的优点，我欣赏喜欢还来不及。

男友虽年轻，但内心却十分成熟。

他会对秦姗说，你不需要为任何人改变，包括我。你只需要做你自己就好。

其实，秦姗不是很会照顾自己，忙起来就会忘记吃饭，生活作息一片混乱，熬夜是家常便饭。在生活方面，她过得很粗糙。

很多时候反倒是小男友照顾秦姗比较多。他们家的冰箱上贴着很多饮食的注意事项，是男友写给秦姗的。男友出差前，必定会去超市买很多食物把冰箱塞满。因为有次男友出差一周，秦姗居然就吃了一周的泡面。

如果周末两个人都在家，他们会各自忙自己的事，互不打扰，给彼此一个安安静静的空间。到晚上，则挑一部彼此都爱的中欧文艺电影，拉上窗帘，整个光影世界只有他和她。

这是他们的相处之道，彼此欣赏，彼此依赖，而又保有一定的私人空间，互不干涉。

公司体检，秦姗被检查出来患有家族遗传病，生小孩的风险很大。知道结果后的秦姗在朋友面前哭得伤心欲绝，不能为一个深爱的男人生小孩，这是多么大的遗憾。

擦完眼泪后，秦姗做出了一个惊人的决定。

她跟挪威男友提出了分手。

当时男友人还在奥斯陆的家里看望他奶奶。接到秦姗的分手电话，不管不顾丢下一切就订了最近的航班来中国。

秦姗在睡梦中，被钥匙开门的声音吵醒。看到男友风尘仆仆，胡子拉碴，随身只有一个小包，从北欧赶回来。第一次，她在男友面前流下眼泪，流露出脆弱的一面。

她跟男友坦白了，分手是因为自己换有遗传病不能为他生孩子。

听秦姗说出分手原因，男友觉得荒唐无比。

他蹲在地板上，在秦姗旁边，表情凝重，一个字一个字地对秦姗说，我不在乎你能不能生小孩，我爱的是你这个人，不是那个小孩。如果你喜欢小孩，我们可以领养一个。

两个人说好，绝不再因为这个原因说分手。

可是后来，事情的发展又出现了转弯。

挪威男友的公司公布了一份新的人才发展战略，公司选出了五个人送他们去美国进修学习五年，然后他们将直接回德国总部，而男友就是其中之一。

也就是说，如果男友接受公司出国进修的安排，那他以后都不能再回中国工作了。

这对于男友的职业生涯来说，无疑是绝佳的机会。而这也是他一直以来的梦想。只不过，他希望进修后还能留在中国。

秦姗用男友电脑查资料时看到他的邮件才知道这件事。在男友考虑犹豫期间，秦姗给了他立即做出决定的机会。

那天男友出差回来，推开门，却看到了家里另一个陌生男人的衣服，丢得满地都是。秦姗逼着自己直视男友的眼睛，假装无所谓地说，我爱上了别人。

男友走后，秦姗再也装不下去，瘫坐在了地上。

被她拉过来演戏的男同事从厨房出来，很不理解地说，何必这样，大不了你陪他一起去美国。

“你不明白。我可以放弃我的事业跟Anderson走，但我不能扔下我爸爸不管。我身边只有爸爸了，陪在他身边才是给他最幸福安详的晚年。六十多岁的人，如果要他跟着我出国奔波，重新适应陌生的环境，那对他来说是遭罪。我没办法给Anderson生孩子，难道我又要成为他事业发展路上的绊脚石吗？我怎么可以那么自私。”秦姗幽幽地说，泪眼蒙眬。

遇到一个无条件爱自己的人，很难。而放弃一个无条件爱自己的人，则更难。

对一个人最深的爱是，绝不成为阻挡他走向更好的自己。如果真的不小心成为了绊脚石，那就主动选择离开。

秦姗就是这样做的。

她选择用了最无可挽回的方式让Anderson没有遗憾地去了美国。她不想看到Anderson为了她牺牲自己的梦想，既然梦想和她之间Anderson必须做出选择，她甘愿自动退出。

这是她爱他的方式。

不是因为不爱而分开，是因为太爱了。

倾我所有去生活

从此，王子和公主过上了幸福的生活。

多半童话故事都是这样的结局，好像不管此前多么艰难，只要公主和王子牵起手，余生便可享尽幸福。

只是，生活向来公平，每个人皆要尝遍酸甜苦辣，即便是嫁给王子的公主，也概莫能外。

当得知《摩纳哥王妃》上映后，我几乎是没有丝毫犹豫便买了票。

这实在是一部仅仅在宣传上就能吸人眼球的电影：《玫瑰人生》导演奥利维埃·达昂的执导，地中海之滨以赌场和F1闻名的摩纳哥的美丽景致，银屏内外奥斯卡影后的生活，富丽堂皇的皇室婚姻，以及结婚之后的爱情悲歌……

摩纳哥王妃的人生，就好似是童话故事那般有着令人揪心的起承转合，由默默无闻直至声名鹊起。

然而，人们皆以为自此之后，她便可享尽荣华，享尽恩宠，时光就此定格在幸福之中，只因人们并没有看到浮华背后的真相。

爱情结束了，生活才刚刚拉开序幕。

精彩或是黯然，都由你来掌控。

影片开始时，银幕上印着这样的字幕："人们说我的一生是一个童话，因为它确实是一个童话——格蕾丝·凯利。"

是的。她的一生极富传奇性。1955年，她拿到了奥斯卡影后，得以与奥黛丽·赫本、玛丽莲·梦露、伊丽莎白·泰勒等齐名。也正是在事业上最佳的年龄，她突然息影，嫁给了摩纳哥公国的王子，成为风华绝代的摩纳哥王子妃。这梦幻般的转换，让格蕾丝·凯利这一代女神成为当年最火热的话题。

作为世界上第二小的国家，摩纳哥公国让人记住的东西想必也只有蒙特卡洛F1赛道。然而，当这个国家迎娶了格蕾丝·凯利后，便瞬间名满世界，女主人也便顺利成章地成为了摩纳哥最好的一张名片。

在未看这部影片之时，本以为它会浓墨重彩地描绘贵族的奢侈生活、皇室的辉煌气派、王妃的幸福时光、童话般的美满爱情。然而，随着情节的推进，它越来越偏离我的预想轨道。

格蕾丝·凯利并非自此之后过上了幸福的生活，她戴着王妃的头衔，也要在丈夫、孩子，甚至国家之中周旋。

如若生活璀璨绚烂，则我爱生活本身；如若生活暗淡昏黑，则我只能感激，我是那么完好的自己，可以承担降临在身上的这一切。

最初之时，格蕾丝·凯利嫁入皇室后，过着金丝雀般的日子，犹如躺在了天鹅绒上，安逸而舒心，心中充满对生活的向往与感激。然而，当今天只是昨天的翻版，毫无新意，且因不得插手摩纳哥的政务而渐渐与王子的感情变淡之时，存于她脑海中的离婚念头好似着了春雨一般，以无法抑制的速度快速生长着。

彼时，生活于她而言，不过是深深的讽刺。只是，她并不是毫无退路。当然，选择怎样的路途，便会迎来怎样的人生。无论离开还是留下，她都有能力去承担这一切。

正如村上春树所说："我或许败北，或许迷失自己，或许哪里也抵达不了，或许我已失去一切，任凭怎么挣扎也只能徒呼奈何，或许我只是徒然掬一把废墟灰烬，唯我一人蒙在鼓里，或许这里没有任何人把赌注下在我身上。无所谓。有一点是明确的：至少我有值得等待有值得寻求的东西。”

对格蕾丝·凯利而言，那值得等待，值得追寻的东西，除却爱情，还有自我的存在感。

心碎该是有声音的，只是它的声音小到唯有自己才能听到。

当王妃得知王子对他们的爱情不忠、夜夜欢歌时，她听到了自己心碎的声音，但无论王妃如何痛楚与悲伤，王子也听不到来自她心底的呼唤。

爱得最深时，往往也就是将尽时。他的心门已不向她敞开，他又如何看得到她的心泪。对于此，王妃自是心有怨言，只是大气如她，已在这金碧辉煌的囚笼中，懂得人情冷暖正如花开花谢，是自然界之中一种必然到来的季节。

因而，当希区柯克将为她量身定做的新剧本《艳贼》递到她手中，希望她重新出山时，她怦然心动。恰在此时，摩纳哥又发生了极为严重的外患，与之毗邻的法国步步紧逼，凭借强大的军事实力，封锁了摩纳哥通往法国的通道。

罗伯特·费罗斯特在《未选择的路》中写道：“一片树林里分出两条路，而我选择了人迹更少的一条，从此决定了我一生的道路。”

在取舍之间，在权衡之后，她没有选择那条可以站在聚光灯下享受众人艳羡的道路，而是决定学习去做一个政治人物，去做一个合格的王妃，一个合格的母亲。

于是，她回绝了希区柯克，走向了街头，走向了军队，并邀请欧洲要员参加摩纳哥举办的红十字大会，甚至还邀请了法国的戴高乐总统。在舆论的压力下，法国不得不撤回了军队，并尊重王妃的意愿，不再一味压迫摩纳哥。

格蕾丝·凯利，倾自己所有，挽救了整个王国，找到了自我存在感，也重新建立了自己与王子的爱情。

在岁月的磨损中，她渐渐老了，她不再是那个肌肤光滑、一笑倾城的奥斯卡影后。但是，她仍是美的，这美使她容貌如出水芙蓉，这美使她性情温柔而有力，这美使她敢于承担童话背后的生活。

莎士比亚在《罗密欧与茱丽叶》中写道：“名字代表什么？我们所称的玫瑰，换个名字还是一样芳香。”

叫她格蕾丝·凯利也好，叫她摩纳哥王妃也好，她都如盛放在生活土壤里那朵玫瑰一样，馥郁馨香。

过去的努力，都会成为传奇

你有没有想过，为什么朋友圈晒包晒宝晒恩爱的那么多，却很少有人晒努力？因为那会让别人看穿自己还没完成的价值。

在这个越来越等级分明的社会，那只黑暗里无故伸过来的手，会让我们心惊肉跳。很多时候，我们害怕别人评价自己，却又渴望有人来点评一下。我们需要有人领着我们绕过泥路水坑，却不希望别人肆意指手画脚。

年轻的时候，我们往往无法正确评估自己，归根到底是因为对世界不了解。没有参照，看不到生活的深度，无法确知梦想的方向，都使得我们总是笨拙地想要通过别人的评价、能挣到的钱、交到的男/女朋友来获知自己的价值。

当你做一份兼职每月挣一千块钱，你会觉得自己只有一千块钱的价值；当你可以挣到两千块钱的时候，你知道自己的价值提升了一倍。

当你在街头派传单的时候，你只有派传单的价值，当你给初中生辅导英语课的时候，你就有家庭教师的价值，当你发表论文，为某智库服务，你就拥有研究人员的价值……

那些未实现的、未兑现的，就成为了你继续努力，变得更加强大，有更多的价值去完成愿望的动力。这样循序渐进的过程，就是大部分人的人生该有的节奏。

你必须在人生的平地上建造属于自己的绝美建筑，而你的风格和水平，决定了这座城堡的脾性。

蔓蔓刚来到这所北方的大学时，自卑感几乎要把她湮没了。

先是普通话不标准，让蔓蔓每次在众人面前开口说话都感到尴尬万分。

她的家乡是座山水皆宜的南方旅游古镇，每年都有来自全国甚至世界各地的游客，不远万里前来寻找“桃花源”般的静谧美景。也正是因为太封闭，小学、初中、高中的老师普通话都带着浓重的地方口音。上了大学现代汉语课后，蔓蔓才知道，有些发音，如果小时候就没有受过标准化训练的话，长大后就很难纠正。

因为以前老师教的是“Chinglish（中国式英语）”，蔓蔓在第一次课堂互动环节一开口，班上就笑倒了一片。为此，她花了很多时间练习口语，在英语角大声读课文，主动找外国留学生聊天，但多数时候还是在课堂众目睽睽下紧张过度磕磕绊绊，连句完整的话都说不好。

上了大学，女生们似乎突然“开了窍”，开始格外重视自己的外表。蔓蔓矮，本来在南方大家都差不多的情况下，并没有感觉到自己有什么不同。可是在北方的学校，高个子女生比比皆是，在拥挤的电梯间等候的时候，她只能看到黑压压的人头。男生更高，在路上有人跟她搭讪，或者跟班上的同学一起走一路的时候，她都需要仰起头才能跟人正常交流，有好几次，她都能感觉到路上旁人投来对他们身高差的异样眼光。

这个社会总是给女生更多的宽容，犯了错也可以撒撒娇，个子矮也会被说成是“最萌身高差”，但是在刚刚开始步入陌生人海，受到过虽然不是恶意的笑声和调侃，都足以让一个年仅十八岁的少女开始怀疑和讨厌自己。蔓蔓说，无论怎么做，都好像个小丑，“生活糟糕透了”。

大一春季运动会之前，班长找到她：“你来做开幕式上咱班队伍前面举牌的吧？”

蔓蔓一时难以置信：我？这么矮怎么可以？“穿双高跟鞋呗，谁让你是咱班班花呐！”

以前蔓蔓知道自己长得还可以，但也是从那时候才知道自己称得上“漂亮”。慢慢地，班上总有男生女生来夸她的眼睛好看，夸她五官精致像洋娃娃。

后来，她发现自己搭配和化妆的功力不错，室友每次约会前，都爱找她搭一套，再梳个精致发髻，逛街买衣服也总要拉上她一起，连参加个小型晚会，都等着她去化妆。再后来，大家发现她很勤奋，成绩也不错，就常常借了她的笔记去复印，听不懂的课私底下也常找她问。

大三的时候，为了考教师资格证，大家都约好了去考普通话证。蔓蔓对自己的口音始终很自卑，想退缩，却被室友硬拉着报了名，然后天天监督她读课文，她也干脆先把面子丢一边，缠着宿舍里的那个北京大妞练儿化音。后来成绩出来，她考了一级乙等，甚至比北京室友的分数还要高。

也是从那个时候起，蔓蔓才开始接纳自己：很多事情真的不是做不到，而是你一开始就被小概率事件吓到了。虽然在英语口语这件事上，她还是很羡慕那些开口就是“伦敦音”的同学，但她现在起码可以在课堂上流利地说上十五分钟，也不再胆怯得在讲台后面双腿打抖。

人人都有自身独特的长处，当你无法接纳自己的时候，所有的长处都会被你的内心掩盖。也许每个人都要经历这样的过程：因为别人夸了自己一句，心尖儿就美上天，因为别人不经意的玩笑，就自己把自己打入牢笼。

也许我们都要在暗夜里走很长的路，小心越过那些暗道沉坑，才有可能慢慢自信到不靠别人评价依旧知道“我可以”。青春是面对现实一步步去完成的能力，而不是按着别人的标准来打造自己。

工作后，学习反而成了见缝插针的事情。

有的同事每天早来公司半个小时，只为了多背会单词；有的同事把加班都换成了调休，不旅游，不休假，攒起来上培训班。下班后，去健身房锻炼的，去琴房练钢琴的，去上德语班的，更是常见的事。大学反而成了这辈子最悠闲、最不求上进的时光，一心想着快点毕业去挣钱，工作了却舍得把钱大把大把地撒在各种各样的课程里，甚至不管上班多忙多累，都要挤出时间去学习。

有的人说，大学的时候马马虎虎地过也能毕业，但工作了拿了工资，就得给领导卖命，大家都这么“拼”，谁不努力就可能第一个被淘汰；有的人说，工作只是满足生存的需要，精神的需要得另外找“补”；有的人说，工作一天回来，如果不干点自己喜欢的事，总觉得这一天白过了。

其实原因都一样，因为在这个残酷的竞争社会里摸爬滚打，更加懂得自己真正想要的是什么，因此对生活的期待，也充满了更明确的目的性。

但该如何提升自我呢？学习专业知识，考一个职业资格证；阅读成功学以外有营养的书籍，腹有诗书气白华；学 门外语，精通一个国家的文化；听世界名校的网上公开课……这些都是大部分人常选择的，都无可厚非，唯一的问题是，你不能将所有你想做的事，都列在你每天要做的计划表里。

我曾经给自己定下这样的计划：每天写一千字，看完一篇中篇小说，背完（并根据艾宾浩斯遗忘曲线复习完）一百个单词，练一小时钢琴。

“任务”不多对不对？

刚开始，我按着计划表走，确实觉得生活充实了不少，但渐渐地，我发现无法坚持下去。第一次没完成任务，是因为加班到了九点多，回家勉强看完一篇小说就睡着了。第二次，是因为出外勤，搬了很多物料，回来手抬不起来，练不了琴，写不了字。第三次、第四次……当“计划”荒芜得越多，人也越懈怠。过了一个月，两个月，半年，无论哪一项，我都没有收到明显的成效。

只要是正常的上班族，想要坚持去做一件另外的事，都多少会遇到这样那样不可抗力的“意外”打乱你的计划。加上你的计划表中各种类型的尝试都有，能量一分散，自然收效甚微。

当你意识到你可以成为自己梦想和现实之间的“造梦人”，那么你需要做的，不仅仅是张弛有度的生活节奏，也不仅仅是“坚持”的口号，还有专注。这样，梦想才不容易被现实击碎。

王小波说，人在年轻时，最头疼的一件事就是决定自己这一生要做什么。

我有位前同事，因为想要和有趣的人对话而当上记者，她说过一句话：“想见的人，想做的事，都终将会实现，只要你足够想要。”

为了心爱的日本文化，她开始学日语，也因为这件事，她彻底改掉了记者职业的通病——“熬夜写稿，白天睡觉”的作息，她强迫自己在早上七点醒来，苦苦和日语作业搏斗一上午。三年来，一天都没有中断过。

从断断续续用半吊子日文采访，到越来越多的日本采访对象问她“为什么你会比我还懂我的国家”，她说，因为无限放大了个体的自我趣味，才最终完成了她后知后觉的成长。

现在她已经辞掉了工作，在自己的公众号上发了一篇《再见，总有一天》的文章，宣布自己终于实现了二十岁的梦想。

真正专注的人，不会在微博打卡，在朋友圈自怨自艾“为什么我这么努力还是无法怎样怎样”。专注的人，往往不容易因为短期的挫败而憎恨生活。

小胜叫莉莉一起去吃饭，莉莉摆摆手：“昨晚睡太晚，我待会随便吃个面包算了，中午还能多趴会儿。”

“你多晚睡呐？”

“一点半。”

“为什么这么晚？我九点就睡了。”

“九点的时候我才吃完饭回家，洗完澡就十点半了，随便看个电影就一点多了。”莉莉苦笑。

这样的对话，莉莉几乎每天都要重复一遍。

你也有过这样的经历吗？下班后，发愁吃什么晚饭，吃完了随便逛个超市，回家基本上就“洗洗睡”了。

更可怕的是，刚毕业的时候，因为每天都在学习行业新知识，因而过得特别充实，一个月像是过了一年。真的等到了一年后，你已经熟悉岗位上的各项职责，再也不会因为出错被罚被训，需要在工作中学习的技能越来越少，时间也咻咻地飞走了，恍惚间，一年、两年、三年……都仿佛在弹指一瞬间。

现代科技节省了许多冗长的工序，各种交通工具也很大程度上缩短了路上的时间，你能想到的任何事情，几乎都有“上门服务”。但为什么我们的时间还是不够用？

最大可能是因为拖延症。调查显示，有过半的人是“不到最后一刻，不会开始动手工作”。为什么晚上效率更高？因为带着白天没有工作的罪恶感。有无数的职场励志书籍告诉你怎么战胜拖延症，比如《21天养成一个好习惯》之类。但真正的拖延症可能连书都无法看完。

“我知道那件事必须去做，但我就是没有动力去做。”因为有了这种预期的“恐惧”，那件事就变成了压力，而且会恶性循环，时间过去，期限逼近，你还是必须去完成它。

我们身处于一个被诱惑包围的时代，它们通常被包装成各种丰富生活的样子投放到我们的空间里，而网络加速了我们的幻觉。正如那句话说的，“每天一打开微博，大事小事如潮水一样铺满你的时间线，你有权力评论、转发、关注，感觉像皇上批阅奏章。”

从文档或者邮箱切换到网页的距离有多近，从娱乐切换回工作的距离就有多远。

还有就是，我们总爱预留时间。比如早上七点半要起床，大多数人喜欢提前半个小时定上几个闹钟，每隔五分钟或十分钟响一次。其实那个过程中，因为闹钟频繁响起，睡得并不踏实，你白白浪费掉的，是完全可以有质量地再睡半个小时，或者早起半个小时，去做你规划的事情。

把工作当作受罪，因此白天八小时很不开心，如果恰好选错了爱人，晚上八小时也会很不开心。不会管理自己的时间，也就等于不会管理自己的压力。

因为未来还很远，年轻人对于前路比中年人、老年人抱有更强烈的憧憬。在憧憬之余，又不满足于自己为未来所做的事。天赋的本钱总会日渐告罄，肉体也难承担持续浩淼的开支。但愿魔鬼来放高利贷的时候，你不会轻易鄙薄自己的青春，“斥为幼稚胡闹不值一提”。

正如马尔克斯永远记得巴黎那个春雨的日子，在圣米榭勒大道遇见海明威的样子，虽然后来他也在文学殿堂有了自己的一席之地，但仍记得自己大喊的那声“大——大——大师”。过往的幼稚、挣扎、前途未知，都成为了舞台中间的传奇。

你知道总会有熬过时间的那一天。即使差一点就要撑不住，即使迷茫得下一步就不知道往什么方向走，你依然会因了这种期待带来的巨大激励，而告诉自己再努力一把，再坚持一秒。虽然你在那一刻并不知道，自己还要在路上多久。

然而，这样又忧愁又充满可能性的幻觉，是那些奔跑在路上，不愿意停歇，也不屑于在大庭广众下流露痛楚的人才能体会到的。

这个世界疯狂，冷漠，没有人性，但愿你一直清醒，相信，不紧不慢。

D

这么慢，那么美

Fate
Love

笨拙地生活，没什么不好

“我经常有那种感觉，如果这个事情来了，你却没有勇敢地去解决掉，它一定会再来。生活真是这样，它会一次次地让你去做这个功课直到你学会为止。”

廖一梅在《像我这样笨拙地生活》里这样说道。

赵佳佳最近就遇上了这样的麻烦事。

事情还得从一年多以前说起。

赵佳佳毕业后，来到市第二小学当代课老师，没有基本工资，只有课时费，各种福利也没她的份。刚开始她满不在乎，因为听说本地政策比较宽松，只要是师范毕业生，教学一年之后通过面试就能转为公办教师。谁知，过了一年，眼看着跟她一起进校的其他几个代课老师大都已经接到了转正面试的通知，她却迟迟没有收到任何消息。

赵佳佳有点搞不清状况，回想自己这一年来的表现，似乎并没有犯什么错，在老师同学之间口碑也算还行，难道是哪位领导遗漏了？她在其他老师间旁敲侧击了一下，打听到面试名单是校长张经纶决定的，趁着下课，就直接找到校长办公室，打算问个清楚。

校长办公室门开着，有一位女老师在里面坐着，赵佳佳认出来，那是谢晓梦，和自己一样，也是个代课老师，还比自己小一岁。

“难道她也没收到面试通知？”赵佳佳正疑惑，张校长已经看到并叫住了她：

“是赵佳佳吧？有事吗？”

“哦哦，张校长，您认识我啊？我来是……想问个事情。”赵佳佳被这突然一叫，说话有点磕磕巴巴。

“我这还有点事，你先回去，回头我叫你。”张校长很和蔼。

“哦好，那您先忙。”赵佳佳赶紧退了出来。

因为满脑子都是转正的事，赵佳佳有点心不在焉，好在之前她上课进度稍有些快，上午剩下最后一节课，她讲了半堂课后，就索性布置了些作业，让学生当堂完成，自己坐在讲堂边上发呆，琢磨着要怎么和校长提这事。

快要下课的时候，赵佳佳收到了一条短信：

“赵老师：中午请到我办公室来一趟。张经纶。”

看这语气，似乎已经知道她上午去找他的目的。下课铃一响，她顾不上吃饭，一路小跑到了校长办公室门口，刚敲了两下，张校长就出来开门了。

“哟，小赵老师，那么快就来了。”

“是是，我来早了，您还没吃午饭吧？”赵佳佳一边怪自己太着急，一边又因为第一次和学校里“最大的领导”打交道，有点手足无措。

“没事，我这刚好多叫了一份饭，你过来一起吃吧。”校长一边把饭盒打开，一边热情地招呼她过来。

“谢谢张校长。”赵佳佳只好坐下。

“你是哪里毕业的？”

“我是华师毕业的。”赵佳佳毕恭毕敬地答道。

“哦，毕业就来我们这了？”张校长继续问。

“是的。”赵佳佳张了张口，想要提醒校长，自己已经在这当了一年的代课老师，顺带引入自己的话题。

“年轻人，刚毕业不要太功利，多学习、多进步，往后的空间还长着呢。”

一句话让赵佳佳一时不知道怎么接下去，也不明白为什么校长会突然冒出这样的话，正寻思着，张校长站起来，走到她的身边，拍了拍她的肩：

“学校今年本来只有十个编制，但你们这一届有十五个代课老师，不好办啊，你的条件不错，但是其他老师年纪都比你大，综合各种考虑，本来想先委屈下你的。”

张校长顿了顿，拍着她肩的手再次落下来，变成了慢慢抚摸着她的肩：“后来学校又多申请了一个指标，这不，你中午看到的谢晓梦和你一样的情况，我打算把你俩的名都先报上。”

赵佳佳一激灵，肩一缩，跳起来：“校，校长，你……”张校长却笑了：“这样吧，你先回去准备一下，这个月底来参加面试。”

“好，好的。”赵佳佳忙不迭地告了辞，急急忙忙地离开了校长办公室。

出来后，赵佳佳越想越觉得，刚才校长放在自己肩上的手似乎有种不同寻常的意味，但张校长此前在她心目中一直是可敬可爱的形象。她经常在市电视台的教育频道看到他谈论各种教育问题，也从其他老师那儿听闻他还同时捐助好几位学校里的贫困学生。

“说不定是自己神经太过紧张了。”

赵佳佳准备回宿舍午休。走到宿舍门口，谢晓梦刚好走出来。忘了交代，她和谢晓梦住一个教师宿舍，不过，因为俩人性格都比较内向，平时也没有单独交谈过，所以不太熟。

赵佳佳想到上午在校长办公室也看见过她，心里一动，扯了扯谢晓梦的衣角，示意她到一边说话。

“晓梦，你今天是不是也为了转正的事找了校长呀？”

“是呀，怎么了，你也是？”

“嗯……他让我准备面试。”赵佳佳犹豫了一下，又问：“校长有没有和你说点别的？”

谢晓梦奇怪地看了眼赵佳佳：“没有啊，你指的是什么？”

“哦，没什么。”赵佳佳把到了嘴边的疑问又吞了下去，另外寒暄了几句，然后借口说自己要午休，转身回宿舍去了。

大概真是我想多了。赵佳佳蒙上被子，安心地睡过去。

第二天，学校宣传栏里贴上了参加面试的代课老师名单，赵佳佳看见，自己和谢晓梦的名字果然都在上面。

为了顺利通过面试，赵佳佳买了很多关于教学方法的书，一下课就坐办公室里啃，在网上搜那些重点小学的公开课视频看，对着镜子反复练习笑容、停顿。她还报了个二十天书法培训班，紧急“突击”练字，就为了试讲那天写板书能写得漂亮点儿，说不定评委老师一高兴，多给几分。

一个月时间很快过去了，临考试前一天，赵佳佳上完课，守着学生做完大扫除，正打算回家，张校长来电话了。

“小赵老师啊，回家啦？”

“嗯，刚准备走，明天面试了，我想回去再准备一下。”

“不着急，你来我这一下，我拿份资料给你，”校长突然压低声音，“是和明天面试有关的资料。”

赵佳佳只好又折返回学校。彼时，校园里已经没什么人了，教学楼里只有为数不多的几间办公室还亮着灯。她走进校长办公室的时候，张校长刚写完一幅书法，正在端详，看见她进来，高兴地迎上来拉过她的手：“来来来，小赵老师，帮我看一下，这幅字好不好？”

赵佳佳触电般地想收回手，却被张校长抓得更紧。她脑里电光火石地闪过了上次张校长摸自己肩的行为，一时有些慌乱：“好，挺好的，张校长，您说给我的资料呢？”

张校长笑了笑，放开了手，从桌子上拿起一叠复印纸，一边递给她，一边示意她先坐下：

“小赵老师，不要着急嘛，我跟你说说，哪些是重点。”

赵佳佳只好坐下来，张校长倒了杯茶，放在她面前的桌上，顺势挨着她也坐下了。赵佳佳装作很自然地往边上挪了挪，张校长见状，又笑了：“小赵老师，紧张啥，我又不会吃了你。”赵佳佳不说话。张校长也有点尴尬，干咳了两声，才开始给她讲“重点”。

“你看啊，这些都是明天面试的时候要问的，我把大概的答案也给你写上去了，你明天千万不要照着背啊，自己灵活变动一下，你那么聪明，肯定懂吧？”

赵佳佳本来低着头，感觉张校长的手摸上了她的头发，“腾”地一下站了起来：

“谢谢张校长，那我先回去了。”

看他张了张嘴想说什么，赵佳佳马上补充了一句：

“不好意思，我男朋友刚给我发信息说在家做好饭等我了，我就不打扰您了，改天再谢您。”

“哦，你准备结婚了吧？”张校长停了一下，有些不自然地问道。

“是啊。那我先走了，张校长再见。”赵佳佳拿起包，却被校长迎面抱住：“不要走，小赵老师，我们拥抱一下。”感觉到校长的嘴要贴过来，赵佳佳狠狠地推开他：“这样不好，张校长您自重。”

赵佳佳拉开办公室的门，刚要迈出去，差点撞上了刚想敲门的谢晓梦，俩人同时愣住了。

赵佳佳心下明白了大半，对谢晓梦苦笑了一下，就从她身旁走了。

第二天的面试相当顺利，尤其是在试讲结束后，评委老师都由衷地鼓起掌来。“这次肯定没问题了。”赵佳佳心里美滋滋的，不过转念一想，这事是由校长拍板的，会不会他又……

墨菲定律告诉我们，任何事都没有表面看起来那么简单，所有的事都会比你预计的时间长，会出错的事总会出错，如果你担心某种情况发生，那么它就更有可能发生。

是的，全中。

就在面试结束后的一个星期六下午，赵佳佳收到了张校长的短信：“佳佳，面试结果出来了，你有兴趣知道的话，下午到我办公室来一趟吧。”她没回。

想来张校长也是要面子的人，看到她这样的反应就会懂吧。接下来一周，赵佳佳果然没有再收到张校长的短信。面试结果如期公布了，赵佳佳是等所有人都走了以后，才敢站到宣传栏前看那张名单。

是的，没有自己的名字。

在意料之外，似乎又在意料之中。当天晚上，她再次收到张校长的短信："小赵老师，转正名单看到了吧，不要灰心，抓紧来我这领份申请表，我帮你递给教育局，应该可以争取个名额。"

吃到恶心的东西立即吐出来，那是小孩的做法；保持微笑，得体退场，或者用纸巾优雅掩嘴，再不动声色地将脏东西包好放到一边，是成年人的做法。如果你选择将其咽下去，还要对着主人说，真好吃，也要承担相应的不适后果。

所谓公平就是，你终将得到应该得到的，但不一定是你想要的。不是每份耕耘都会有收获，更不用说走一条来路不明的"捷径"。

赵佳佳轻笑了一下，打开短信对话框：

"张校长，不必了，谢谢好意。对了，上次我在您办公室的时候，无意中看到您儿子张X扬的简历，还没毕业呢吧？上面电话地址真详细，手一抖就拍下来了。然后，手机录音也不知怎么打开了，不好意思啊。"

张校长的短信很快回过来：

"你？！想干嘛？？"

赵佳佳没再理他。想到张校长此刻肯定气急败坏的样子，心里一下舒爽不少。

“还好，终究是走了条笨拙的路，只不过这学费，交得有点贵。”赵佳佳想。

第二天，学校贴出了新的转正名单，并声称昨日的名单有误。所有人都在祝贺赵佳佳，她却注意到，在新名单上，谢晓梦的名字被悄悄抹去了。

赵佳佳走过谢晓梦的身边，余光瞥见她的眼睛红红的，似乎有泪痕。赵佳佳想说什么，但最终还是什么都没说，只是和她擦肩而过的时候，不经意地攥紧了自己手上的一个薄薄的信封，上面写着四个字——辞职报告。

慢下来，把日子过成诗

20世纪80年代，美国汉学家比尔·波特在阅读了中国隐士的诗作之后，对这般孤清简素的生活产生极大的兴趣，便决定到终南山寻找隐居的隐士。

几年之中，他跋涉了太白山、五台山、观音山、秦岭山脉等，找到诸多隐居在深山老林中的隐士。与这些隐士有简单的交往之后，他不禁深深感叹道：“他们是我见过的最幸福、最和善的人。”之后，他将这段传奇般的经历，写成了一本书，名为《空谷幽兰》。

世界如此喧嚣，如若没有足够的定力，内心也慌张至极。所以，我们步履匆促，终日忙碌，随着热闹的人群涌入浪潮起伏的大道上，却不知与它毗邻的婉曲小径上正开放着你最爱的兰花。所以，我们从不会静下心来读一本纸质书，不会在群鸟回巢的傍晚散散步，更不会在黄叶纷飞的窗前给远方的朋友写一封问候的信笺。

隐士为何只守着一片深林，就觉内心盛放着整个世界，而我们极力走遍每一个角落，却仍觉未曾抓住世界的衣袂?

只因，我们心存恐惧，走得太过匆忙，以至于忘记了用心去感受。

记得两年前，我坐在电影院里，准备好一抽纸巾，等待看3D版的《泰坦尼克号》。不承想，整场看下来，电影院里非但没有一丝抽泣声，反而在某些出糗尴尬的情节处爆发出阵阵响亮的笑声，我准备的纸巾也没有派上用场。

许是20世纪那种“You jump，I jump”式的生死相依的爱情，因离我们太过遥远而失真。有多少人走进电影院，不是为了重温银幕上那种永恒的爱恋，而是要去看看杰克为露丝作画时的场景，当颓然发现它已被删去时，心中不禁升起无限怅惘之感。

之所以那场电影看起来像是一部灾难片，而不是一部生死相契的爱情片，想必是因我们在或忙碌或纷杂的生活中，在或浮躁或盲从的行为方式里，迷失了自己。

克里希那穆提曾说：“你可曾一个人出去散步过？坐在一棵树下，不带书，没有伴侣，完全自己一个人，然后去观察落叶，听水波轻拍岸边的声音，听渔夫的歌声，观看鸟儿飞翔，以及你自己此起彼落在是脑中追逐的思绪。如果你能够独处并且观察这些事，你就会发现惊人的丰富内涵。”

然而，通常的情况是，我们时常向外张望，极少向内审视。

我们急切地需要些许东西来填充我们空白的生活，好让我们看起来没有虚度人生。只是，我们不曾明白的是，我们始终在与喧嚣人群一起朝着错误的方向奔跑。所以，我们潜意识中认为，在这个一切以“快”为衡量标准的世界里，以生命为代价的爱情，是根本不会发生的事情。

尽管，我们是那样渴望自己的生活中出现这样一个人，与之相依为命。

和朋友一起逛街，和她聊起《爸爸去哪儿》。她问我最喜欢哪一对，我毫不犹豫脱口而出：黄磊。

在娱乐圈中，少有绯闻且又夫妻恩爱的明星，极为难得，黄磊算得上其中一个。我并未像其他追星族那样，喜欢一个人就要知晓他的生日、星座、身世，甚至情史。我只是凭印象觉得黄磊是一个慢性子的人，至少我所知的他饰演的角色，都保持着缓慢而浪漫的生活节奏。

《似水年华》中饰演的文，一生守着一个静极了的乌镇；《人间四月天》中饰演的徐志摩，在笔墨文字中粉饰心中的爱情世界；《暗恋桃花源》中饰演的江滨柳，在日渐斑驳的岁月里，缅怀着青春时光里那个爱之入骨的人。

每一个角色，我觉得他都是在诠释他自己：相信爱仍是穿透黑暗隧道的阳光，慢一点才能走得更稳更坚定。

如今，他在四十多岁的年纪，有两个可爱的女儿，一个漂亮的妻子，有一份真正喜欢的事业，懂得慢下来将日子过成一首诗，想必这就是美好生活真正的含义。

你害怕老去吗？

怕。所以，我要用尽全力奔跑。

可是，全力奔跑时，你如何能顾得上散乱的头发，如何顾得上翻飞的裙角？

走着，也能抵达目的地，且能饱尝途中景致。如此老去，也就不是那样令人害怕的事情。正如塔莎·杜朵所言：“老了，不一定要成为家人的负担，只要懂得创造生活的乐趣……你有充足的时间可以浪费在更多美好的事物上。你会发现，原来生活也可以这么过。”

美国绘本作家杜莎·杜朵，年老之时在佛蒙特州的深山建造了一栋乡间别墅，于其中绘图为生，赤脚在田间劳动，动手裁剪老式的碎花长裙，出版素净简朴的菜谱，直至生命终结。

有谁会说老去的杜莎·杜朵变丑了？她诗意自在的生活方式，赋予了岁月优雅的特质。

马尔克斯在《霍乱时期的爱情》中写道：“任何年龄段的女人，都有她在那个年龄阶段所呈现出来的无法复刻的美。她因年龄而减速的，又因性格而弥补回来，更因勤劳赢得了更多。”

我想，这段话放在杜莎·杜朵身上再合适不过。

以诗意之心面对这个混沌的世间，即便置身于大雪纷飞的寒冬，心中也觉是春暖花开。

每当我觉察到自己迷失在生活中时，我总会暂时停下来，尝试做一些让自己缓慢下来的事情，或听一首轻音乐，或做一顿简单的晚餐，或写一些抚慰心灵的文字，或做一次短途旅行。

或许，这样我会落于众人之后，但我更能看清夜空中那枚在云中行走的月亮，以及洒满月光的心。

长长的路我们慢慢地走

在父母的观念中，对一个女子最好的褒奖是勤劳，或是善良。

而在我们的观念中，如若旁人笑颜眉开地夸自己一句勤劳，即便自己不好表现出来，心里定然也是勃然大怒的。

在这个女性自我意识日益膨胀的时代中，你可以夸我漂亮，夸我可爱，夸我聪慧，夸我苗条，但当你夸我勤劳时，无疑是在说我不漂亮，不可爱，不聪慧，不苗条。我一无是处，而你又急着说些什么来表达对我的好感，于是，你只得说出一句：勤劳。

我听完之后，脸色仍如刚刚那般欢愉和悦，心中却早已翻腾如海潮，晦暗如深夜。是的，你的夸奖的确出自真心，可在我看来，这无异于全面的否定。

在上一辈人中，一个男人因为勤劳而深深爱上了一个女人。而这样的故事，在当下的时代中，想必已经绝版了吧。

一个并不熟知的朋友，在微信朋友圈中肆无忌惮地晒着自己的幸福准则：不困于厨房，不囿于家务，婴孩有人照顾，而自己只是负责貌美如花，热衷聚会与旅行。文字的后面还配上丈夫系着围裙将热腾腾的饭菜端上餐桌，弯着腰身辛勤拖地，拿着奶瓶给孩子喂奶的图片，以及经过美颜相机美化过的卖萌自拍照。

这条微信引来诸多人，点赞与评论者皆是带着艳羡的心理，发自肺腑地感叹一句，这才是完美的丈夫，这才是理想中的婚姻。

看完之后，我心中确有羡慕溢出，也随着众人默默点了一个赞。继而，我不禁疑惑起来，她这样高调地直播所谓幸福的婚姻，会持续多长时间？一年？五年？十年？还是真的可以直到永远？

你领到那一纸婚姻书，满心欢喜地迈进他家家门，因为他爱你，宠你，甚至纵容你，你便自此高枕无忧，以为幸福来了便不会走。于是，你安心地化着精致的妆容，涂着桃红色的指甲油，一次又一次走在旅行的路上。

他从不要求你干家务，甚至不敢委婉地转告你公婆希望传宗接代的事。你觉得每一天都像是浸泡在蜜罐里，却从未察觉到他脸上不经意间显露的疲惫，以及浅薄的埋怨。

人们都说梦与现实不可调和，而你梦寐以求的婚姻却与现实毫无二致。但是，你在得意与张扬的时，却忘了时光与流年的残忍。

宠爱即便如一条橡皮筋，也有自己的限度，一旦超出其所承受的范围，一切都将成碎片与残渣。

待到彼时，你忽然记起出嫁前，母亲语重心长告诉你的话，要做好家庭的后盾，勤劳持家，不可任性。当时，你表面含着不舍的眼泪深深点头，内心却对其不屑一顾：这都什么年代了。

是的，时代改变了，岁月早已偷换人间。然而，有些东西始终保持着原有的模样，比如婚姻。

一段好的婚姻，从来都不是一个人的事情，需要两个人的肩膀才能担负起它的重量。他需要演好属于男人的角色，而你也应该承担属于女人的角色。在生活中，当你们都需要彼此时，这段婚姻才具有无坚不摧的稳固性。

当然，这并不代笔这样的婚姻与爱无关。但爱总是建立在需要的基础之上，若非如此，它则成了虚无缥缈的烟云，抵不过盐米油盐的磨损，抵不过渐渐暗淡下去的岁月的坍塌。

皮克斯导演彼特·道格特执导的电影《飞屋环游记》，有台词说道："我们老了，但是我们更相爱了。我们从来都在追寻两个人的生活，而不是一个人的精彩。"

如若执意追寻一个人的精彩，再美满的婚姻，最终也不过如一盘散沙，被风吹到海中。当你决定要与一个人走进婚姻的殿堂，你就该做好为所爱之人，心甘情愿受羁绊的准备。这或许有些残酷，但这就是你所必须看清与承担的真相。

恋爱时，我们可以只谈风花雪月，蜷缩在两个人的小世界中，不管今夕为何夕。如若觉得不幸福，也大可潇洒分手，来去皆自由。

然而，结为夫妇之后，日子再平淡，再低调，也与社会有了深深浅浅的联系。任性够了，终要回归生活轨道。如若执意追求自我的出色与精彩，在婚姻中尽情享受，难免会打着夫妻的名义，在一个屋檐下各过各的生活，在一张床上各做各的梦。

随着综艺节目《花儿与少年》的热播，刘涛又变得炙手可热起来。

她有着超凡脱俗的美丽容貌，大可将自己置于铺满阳光的窗台上，安安稳稳做一个花瓶。纵然不施粉黛，跟随丈夫出门，定也是人流之中卓尔不群的那一个。可观众给予她的赞美，不是声色翩跹的女神，而是“国民好媳妇”。

对于这般称赞，她欣然接受。她自知自己是美丽的，却不仗着这美貌邀宠。美人终会迟暮，容颜总会衰老，聪明如她，已将这些早早看穿。因而，她只是将自己的美用来锦上添花，而这张锦的底色与基调，自然要由自己在婚姻中的角色，以及要履行的责任来确定。

丈夫的生意面临破产时，她不离不弃；丈夫从低谷渐渐攀爬上来后，她未曾倨傲。两个天真可爱的孩子，在她的抚养下，编织着多彩的童年。在自己的事业与家庭中，她保持着完美的平衡。

丈夫在爱她的美貌时，也爱她的贤惠。她在享受丈夫给予的关怀与宠爱时，也承担着妻子的责任，扮演着妻子的角色。

因而，在彼此的需要与被需要中，他们的婚姻才那么和谐与稳固。

人们都说，幸福是瞬间的感受。但我总认为，幸福是一生都该为之努力的事情。

年少时，恋爱中，结婚后，老去时，无论哪一阶段，只要我们还走在路上，就应为了幸福披荆斩棘。

而这需要我们，时时都找到自己的位置，做自己该做的事。

三十岁，你终于喜欢上了自己

简有一个很优秀的孪生姐姐，自幼便生活在她绚丽的翅膀下，阴影重重。

不喜欢自己的人，很难感受到快乐，很难感受到周围人的关怀与爱。

母亲和邻居拉家常时，总忘不了提及大女儿成绩全优，周围的人也跟着夸赞起来，不但懂事，人也长得漂亮。姐妹俩一起上街时，姐姐总是能得到更多的回顾。在同一个班级里，姐姐也更受老师们的喜爱，收到更多的情书。

亲戚街坊都说父母好福气，有一个挑不出缺点的女儿，不愁找不到一个品学兼优，英气有为的好女婿。母亲从不将这些话当作奉承，看着愈发出落得美丽的大女儿，心中有说不出的欢喜，走在街上都觉身上积攒着人们艳羡的目光，脚步便不自觉地轻盈起来。

简身上散发着的微光，轻易就被姐姐热烈明亮的光华掩盖掉。

自开始上幼儿园至大学毕业，她们总是形影不离，旁人也更容易将她们进行比较。十几年的岁月，她早已习惯自己身上贴着“不如姐姐”的标签。梦中的场景，也多半是自己变成了姐姐的样子，站在人群中央，自然地接受人们的称赞与夸奖。醒来后，她照照镜子，仍是眼睛比姐姐小一些，肤色比姐姐暗一些。

虽然心中充满被忽视的苦恼，简和姐姐还是相处得很融洽，一起分享着彼此的欢乐。至于偶然升起的悲伤，自卑的简自然将其掩藏在心里，而骄傲的姐姐更是对其绝口不提。

姐姐凭着姣好的样貌，以及出色的工作业绩，半年之中便破格晋升为一家跨国公司的总监。在谈判时，面对客户对创意方案以及对具体执行能力的质疑，她不卑不亢，操着没有任何口音的伦敦腔英语，一一罗列自己的观点。看到英国客户频频点头后，她又换以清澈甜美的笑容，吩咐秘书端来热腾腾的咖啡。每一次谈判，都以这样精彩的方式落下帷幕。

不知该描述她干练、知性，还是该形容她优雅、妩媚。或许，她真如人们所称赞的那样：完美。

而简不愿再在姐姐的翅膀下生存，果断地拒绝姐姐介绍她进自己所在公司工作的建议。简心里清楚，没有姐姐的对照，她独自走在人群中，也是一抹亮丽的色彩。

因而，她放弃自己在大学中所修的专业，在离市中心较远的地方，开了一家咖啡馆。布置小店之时，朋友送来许多较为陈旧的东西，已经坏掉的老挂钟，褪色的布偶，落了灰尘的风铃，磕了边沿的碟子。简很用心地将它们摆设出来后，店里便充满了人情味。

“我不在家里，就在咖啡馆；不在咖啡馆，就在去咖啡馆的路上。”简已经忘了从哪里听来的这句话，只觉用在自己身上极为合适。

姐姐周末来到这里，指出很多需要改善的地方。她一边笑着，一边点头。

她仍旧是一个极其自卑、不敢放手去追求的人，但她已经开始做自己喜欢的事情。

在咖啡店会遇见形形色色的人。

靠窗边坐着一对外国情侣，女孩儿一头金发，稍稍卷曲，婴儿一般的脸颊。男孩儿则身形高大，神情冷酷。不禁让人想起《这个杀手不太冷》中的大叔和小萝莉。

左侧角落里坐着一个高中模样的女孩儿，杯里的咖啡已经见底，她仍捧着一个本子在看。或许，那是和一个男生交换来的日记。

圆桌边坐着一家三口，小孩儿将奶油甜点抹得满脸都是。

正当简看着客人出神时，有人推门而进，找到一个空位置坐下来。店员刚要走过去，简则抢先一步，在那人对面坐下，问他可是点一杯不加糖的拿铁。

他看到坐在面前的人是已经好久不见的简，没有多想便像小时候那样将手放在她的肩上。直到店员走来，他才觉察到自己的失态。简轻笑着，对店员说，请给这位先生一杯拿铁，不加糖。

他是她的邻居，从小一起长大。更确切地说，在所有人的眼中，他和简的姐姐是青梅竹马，而简不过是追随在他们的身后的小尾巴。

自始至终，简都知道自己所处的位置，所以她只欣赏够得到的风景。

他与姐姐一样优秀，容貌透着一股英气，骨子里又带着体贴与温柔，成绩与简的姐姐不相上下，在一流大学毕业后，靠着家里提供的资金，开办自己的公司。

如今，双方的家里，都催着他和姐姐订婚。

简只将他藏在梦里。从落雨或是晴天猜测他的悲喜，从炎热或是寒冷感受他的冷暖，从初春或是秋末揣测他的好恶，但她站在姐姐的阴影里，看着他们嬉笑打闹，绝不向任何人泄露自己的秘密。

她不断告诉自己，生长于黑夜的恋情，藏在心里最底层才安全。

自从在咖啡馆遇见后，他几乎每天都来简的店里。简计算着他来的时间，等他推门而进，坐到那个固定的位置，便亲自为他端上一杯不加糖的拿铁。

她不愿多想他每天都来这里的用意，她只知道自己喜欢看到他，喜欢和他面对面坐着天南海北地聊天。

两人很默契地避开姐姐，各自说着自己的近况，或是以后的打算。当然，并不是每次谈及的话题都这么严肃，他们更乐意一起回忆过去与对方有关的事情，自己喜爱的音乐，迷上的电影。

他还是习惯时不时将自己的手搭在她的肩膀上，每当那时，她总是一半欢喜，一半难过。她知道，如若姐姐也在，他会将另一只手搭在姐姐的肩膀上。

在姐姐面前，她从来不是唯一，更不具独特性。

在任何事情上，她都是陪衬。

甚至包括爱情。

一个周末，他仍像往常那样将手搭在简的肩膀上，两人面对面坐在咖啡厅里聊天。

姐姐推门而入，恰好看到他们。

一瞬间的讶异之后，她极有涵养地蹬着高跟鞋走过去，拉过一把椅子，挨着他坐下。一边笑问他们在说什么，一边自然地主动将手搭在他的肩上。

简讪讪地站起来，为姐姐端来一杯摩卡咖啡，向他们说明自己要忙后，便回到柜台。

这么多年，她太清楚姐姐的性格。只要是想要的东西，就必须得到。就算是不喜欢，也得攥在手中，以证明自己的优秀。

已经做了太长时间的陪衬，再做一次又何妨。

可是，她总觉得肩膀上搭着他的手，厚重，温暖。遥遥地看着他和姐姐谈笑风生，她心中感到揪心地疼痛，却没有勇气走过去问一句，姐姐到底喜不喜欢他，他到底喜不喜欢自己。

简从不知道在咖啡馆中，他们谈了些什么。

自此之后，他再也没有来过这里。

一年之后，姐姐在家中举办订婚宴。男方是她在香港购物时偶遇的伦敦客户。亲戚乡邻前来赴宴，在向母亲道贺时，总不忘问站在母亲旁边的简何时结婚。

简好脾气地笑笑，看着姐姐灿烂的笑容，无限想念搭在自己肩上的手。

日子照常过着，简的咖啡馆小有名气，时常迎来回头客。

姐姐在伦敦时常寄来名牌包包和鞋子，她都放在衣橱中，从来没有拿出背上或者穿上。

在经营这家小咖啡店中，她已经渐渐成为独立的自己。穿具有自己风格的衣服，配实用而好看的包包，踩一双复古圆头鞋。

至于爱情，她愿意去等。等有一个人推门而进，要一杯不加糖的拿铁，将手搭在她的肩膀上。

她快乐起来了。

喜欢自己的人，容易感受到快乐。

细水长流，是最美的风景

海子说：“你来人间一趟，你要看看太阳，和你的心上人，一起走在街上。”

玲玉深深迷恋着这句话。

我们的心，总是时时张望着摘不到的月亮。于是，人生之中，总也少不了因得不到而产生的痛楚，以及因不珍惜手中所有而生发的遗憾。

玲玉迷恋海子所描述的人生状态，是因她从未有机会和她爱的人，手牵手走在街上。

一个人到底有多少面？哪一面才是最真实的？

她是父母眼中的好孩子，是丈夫眼中的好妻子，是孩子眼中的好母亲。人们皆认为，这便是她的全部。只是，她的左心房如斯平静，如溪水缓缓流过平原，而她的右心房暗流涌动，澎湃似潮，如狂风卷起的浪尖。

三十二岁的她，有家庭有孩子，却依然天真如少女，不顾一切地爱着在另一个城市工作的男人。每隔一段时间，她便以工作出差为由，买一张机票，穿越万水千山去看他，不求与他长相厮守，唯求只争朝夕的欢愉。

她心如明镜，在她触手可及的地方，安放着一份真切的爱，远方那个人则随时可将其抛弃。然而，细水长流固然稳妥，到底少了些许激动人心的涟漪。仿佛唯有疼痛与刺激，才能让她感受到生活的质感。因而，在这份越出藩篱的情感中，她不惧道德，不惧是非，不惧时间，亦不惧规则。

她的右心房汹涌澎湃，不知何时就要将左心房淹没。然而，既然已经走上这条路，她又怎甘心半路折回。

在爱情中，总有些热情的蠢货，奋不顾身地潜入黑夜，以为只要一直向前，便能走向黎明。殊不知，心盲时，即便周遭满是阳光，亦是伸手不见五指。

最亲密的好友问她，这样累不累，她点头；这样值不值，她也点头。之后，她反问好友，你是愿意与一个爱自己的平凡男人，一辈子离不开柴米油盐，琐碎至老，还是遵循内心的旨意，爱自己所爱，哪怕生活动荡不堪。好友并没有给她确切的答案。

生活中没有非此即彼，如今的世界也早已不是非黑即白。

玲玉自始至终都愿意做一枝艳丽如血的红玫瑰，成为远方男人心口上的朱砂痣，即便有一天终会凋零，到底是开过的，总也好过脚下那株不起眼的白玫瑰。

她是那样义无反顾，以至于忽略了红玫瑰不只有朱砂痣这一种结局，在被远方亦有家室的男人牢牢拿捏在手的那一刻，她已成为墙上的一抹蚊子血，姿态是那般难看。白玫瑰是平凡了些，但被人捧在手心时，也有着别样的美丽。

我们总想用时间证明自己执念的正确性，到头来，总是被时间戏谑。

于是，我们不得不承认时间是最为精细的过滤器。它冲走的只是浮于表面的碎屑，而把最有价值的内核剖给我们看。

那一日她匆匆吃完早餐后，便坐上飞往他所在城市的航班。三个小时之后，她又搭乘出租车去他指定的宾馆。途中，因急着与他见面，玲玉一直催促司机开快些，以至于拐弯时，与迎面而来的公交车相撞。

迷迷糊糊之中，玲玉拨通他的电话，他听闻她的情况之后，却迟迟不来。她心灰意冷，第一次觉得这座城市如此陌生。无奈之中，她只得拨打丈夫的电话。丈夫先是安排先前在这座城市工作的同事把她送往医院，后又定了最早的航班，飞到她身边。

她躺在病床上，想起海子还这样说过：“远方除了遥远一无所有，更远的地方，更加孤独。”

旧梦醒了，过程清晰毕现，结局水落石出，如若再去纠缠，即是一种贪婪。

她终于注意到了脚下那株素雅的白玫瑰，它正开着清淡的小花，洁白似雪，微风拂来，散着浓淡皆宜的香味。

丈夫坐在床边，紧紧握着她的手，眼神中满是害怕失去她的惶恐。十多年来，她第一次睡得这么安心。

我们不远万里去寻求心中所爱，因而眼前的灯火阑处总有人轻声哭泣。我们总是情愿为男一号而背叛所有人，却不曾发现男二号的微笑是如此迷人。

多年前，她不甘于平淡，总觉得左心房承载的生活，如死水般了无生趣。如今，她终于知道了生活的真相——细水长流，是最美的风景。

快乐时，有人分享；痛楚时，有人分担。想必，世间女子，所求莫过于此。

你，终究会来

耄耋之年，他为她披上嫁衣。这对年过八旬的新郎新娘，在相遇五十五年之后，终成正果。

这个比小说情节还曲折绮丽的爱情故事，源于西子湖畔的那一场相遇。

那一年，风华正茂的袁迪宝考入浙江医学院。他的俄文老师李丹妮，是个漂亮的混血儿，精通五国语言，大他一岁。

身为班长及俄文课代表，迪宝每次俄语考试都是满分。优秀的他让丹妮印象深刻，而丹妮的专业精神也令他感佩不已。

正值豆蔻年华，一见面，就在彼此心里印下了默契。

迪宝回忆道："那时，她经常借参考书、字典给我，还为我织过一件白色的羊毛衣。我特别感动，那个时候我们可是穷孩子。"

丹妮低下头，有点不好意思。她说，冥冥中有一种感觉，觉得我们两个人很像，像是一个人。

那时候，他们常到西湖边散步。从断桥走到白堤、平湖秋月、义庄、孤山，再从里湖回来。或者，就在宝石山坐上半天，然后从后山下去回家。迪宝说，我们坐在保俶塔下面谈天，一个钟头左右，才慢慢往回走。送她回家后，我再回学校自修。就这样，一直持续了近两年。

两年后，迪宝所在的浙江医学院卫生系要并入成都华西医学院。丹妮说："临走前，我有预感，他有事瞒着我，怕我难过。"

花港观鱼的水池里浮沉着七彩鱼群。坐在芙蓉花树下，迪宝对丹妮说了自己的心事。

原来，上大学离家前两周，迫于姐姐的压力，迪宝已与匆匆相识的姐姐同事结了婚。

仿佛五雷轰顶。挣扎了很久，丹妮认为，自己没有权利把幸福建立在另一个女人的不幸上。她对迪宝说，我们分手吧。迪宝低着头，一句话也没说。

西湖边的爱恋，似乎从来都带着一种破碎的美感。

迪宝即将赶赴成都前，他们以三潭印月为背景，在苏堤上拍了一张合影。这张青春容颜留下的最后一次相聚。

分别后，两人都无法冷却自己如火的热情。每年中秋的晚上，迪宝都会拿着丹妮的照片，到没人的树下望月思念。丹妮也放下手上的活，一起纪念这时刻。

保俶塔上方有一颗星星，叫金星。迪宝与丹妮约定，这颗星星是属于他们两人的。有什么事都可以告诉星星，然后对方就能感应得到。

他们每天都给对方写信。为了省钱，攒够一周的信才一起寄出。

“我正在热烈地爱着你，日夜思念正像你也爱我一般，假如我在为你郁闷，祈求得到你的爱怜，为了得到你的爱怜，我宁愿粉身碎骨……我祈求上天赋予我们，赋予我们，赋予我们。这几天我在晚自修后都默默地想着你可能停留在天边的那个方向……金星，见到它，就如同见到你。如今唯一具体的安慰，就是我们在白堤共同首次看到的这颗金星，我们一开始就把它决定为我们爱的标志的金星。”

迪宝的这封去信，被丹妮带回法国，珍藏了大半辈子。

回到法国的丹妮始终未婚。身边不乏追求者，然而曾经沧海，她心里只容得下袁迪宝一个人。她说：他一直没有忘记过我，就像我从来没有忘记过他。写《混血儿》那本传记时，别人常问我，你这么一个女孩，我们不相信，难道一辈子都没人爱过你。我说，只有一个人住在我心里，只有一个男孩真正爱过我，就是袁迪宝。

从此，每天隔洋相望相思。两人唯一的联系就是按当年的约定，共同注视天边的金星。

后来，丹妮将迪宝写给她的一大批信件打包，在封面上手书一行字：我是没有勇气重新再看一遍这些我没能实现的幸福。

她没有想到，有一天，这些信件还能和自己一起，再回到寄信人袁迪宝身边。

那年初春，迪宝从厦门接连寄出两封信，只有四句话。让丹妮赶快飞回爱人身边，重续前缘。

面对这从天而降的幸福，丹妮竟有些不知所措。

半年后，丹妮来到厦门，昔日恋人重逢。这一天，离他们分别的日子整整相隔了五十五年。已是耄耋之年的丹妮披上嫁衣，成为袁迪宝的新娘。

如今，迪宝的胡子已长至胸前，头发也掉光了。而丹妮说起当年相恋时唱的歌，几乎失聪的他仍能立刻开心地唱起来。

每天晚饭后，他都会拉着丹妮一起看金星。那一刻，他脸上仍是二十多岁时陶然忘我的欢喜，她眼中满是当年注视他的柔情蜜意。

有谁，会用半个世纪的光阴去等一个远行的人。又有谁，会在远行之后，仍然想回头找到那个等他的人。

一指流年，指缝中流淌，天涯路远，归鸿望断。正如狄金森的那首诗：

等待一小时，太久
如果爱，恰巧在那以后
等待一万年，不长
如果，终于有爱作为报偿

我相信，浩瀚宇宙中，会有一颗星，始终守护着我和你。

我相信，华灯初上的窗，会有一扇属于你我。我们携手同看人生美景，回首往昔。

我相信，我不会一个人孤单地想念很久。你，终究会来，等我的拥抱，等我说爱你。

E

一 切 都 是 最 好 的 安 排

热爱生活，纵然它劣迹斑斑

岑远是芸芸众生中最普通不过的一个女子。

走在人群之中，她几乎得不到任何一个人的注意。如若这种情况发生在别人身上，或许会让人懊恼，但这对于岑远而言，是一种体贴的保护。

不被人注意，就少了一些是非。不刻意靠近众人，就可以随心所欲地按照自己的生活方式活着。纵然，这种方式是消极的，沉闷的，不被人认可的。更多的时候，她就像长期见不到阳光的潮湿角落，生满了苔藓。

岑远觉得生活并无好坏之分，她也很少羡慕那些衣着光鲜亮丽、出手阔绰的人。每个人都有自己的宿命和使命，幸福与悲伤都不能拿来比较。

她的宿命是，爱上了一个有家室的男人，暂且就把这个男人叫作K吧。岑远和K已经纠缠、束缚、捆绑、折磨长达四年之久。开始时，尚且有爱情存在，相见与相守的尘世欲望，像是心中即刻就要爆发的火山。渐渐地，彼此之间的缺点与残缺难堪地被对方看见，他们都想改变彼此，用尽浑身解数尝试各种方法，却从未见一丁点成效。他们都是固执的，这仅有的相似之处，或许就是当初坠入错爱的缘由。

她的使命是，从这段难以解脱的爱情中获得解脱。但是，有过多少次逃离，就有过多少次回头。她的心看似坚硬，却极度想要片刻温存。尽管温存过后，是如同漫漫长夜般的无尽的折磨。

把四年的记忆好好地检点一番，岑远发现这其中并不是只有无路可走的尴尬。有的时候，他也会在某个时刻忽然来到她的公寓，带来她心仪已久的布娃娃，或者只是为了给她做一顿刚从食谱上学来的菜。虽然，这种时刻少之又少，但有过总比没有强。

更令人难以忍受的是，这一段时间以来，他们已经很少见面。即便是见面，要么是声嘶力竭的争吵，要么是令人窒息的沉默。在这一条道路上，他们已经退无可退，也已经进无可进，就如同被堵在了死胡同里，被硬生生按在原地，难以动弹。

在无数次失眠的夜晚，她绞尽脑汁想着从困境中逃脱出来的办法。可是，天亮之后，她又会重蹈覆辙。

唯一知情的闺密劝她出去散散心，总是憋在这样的生活中，迟早会闷出心理疾病来。

闺密替她挑选了很多适合散心的地方，去日本大阪看樱花，去美国加州一号公路自驾，去柬埔寨看看神秘微笑的吴哥窟，或者去马尔代夫体验建立在水上的屋子。但是，这些地方都没有打动岑远。岑远告诉闺密，她要去威尼斯玻璃岛。

闺密一时无言，那个地方，是岑远和纠缠了四年的K在相识第一年去过的地方，也是他们唯一的一次旅行。

这样也好，故地重游。或许，熟悉的远方，会告诉岑远未知的答案。

岑远独自拖着行李，办理登机手续与托运行李。在候机的时候，她看到一位金色头发的女子一手牵着一个孩子，一个男孩一个女孩，两个孩子都有着洋娃娃一样的深蓝色瞳孔。大概一刻钟之后，一个皮肤白皙的男人朝她们快步走来。他先是抱起小女孩儿，在她左右脸颊上印上出声的吻，小女孩儿嬉笑着躲避，嫌他的络腮胡子扎疼了自己。而后，他又抱起小男孩儿，问他有没有让妈妈生气。最后，他深情地看着妻子，两人当着孩子们的面紧紧拥抱在一起。在这期间，岑远注意到那两个小孩子都捂着嘴看着对方偷笑。

忽然之间，岑远泪如泉涌。她已经很久没有哭过，今日再流泪，她恍惚意识到了自己想要的是什么。正在这时，广播响起，登机时间已到。岑远擦干眼泪，提着包便随着人群准备登机。

在机舱里等候多时，飞机仍不起飞。有人开始窃窃私语，也有人已经昏昏入睡。回忆起刚才在候机室里看到的那一幕，岑远联想到了她与K第一次旅行时的场景。

那一次，他们在候机时，K的手机忽然响起来。K犹豫了一下，便起身到离岑远较远的地方接电话。岑远知道是他妻子打来的，却没有拆穿。她只是不动声色地看着他，他的神情是那样毕恭毕敬，他的口气是那么温和殷勤。那个电话持续了半个小时，等他回来，正好赶上登机。他随口解释，客户总是不让人省心。她没有接他的话茬，但她知道自己的脸上没有任何表情。

不知不觉中，飞机轰鸣着起飞。岑远堵住耳朵，眼睛却看着窗外混沌的天空。

在密闭的空间里，岑远总想用抽烟的方式缓解内心的恐惧和压力。现在处在密闭的机舱里，岑远也有同样的想法。但是，此刻她只能选择克制，就像克制她对K的占有欲。

不能抽烟，她就频频向空姐要来冷饮，一趟一趟上厕所，并在期间翻看日记。那些日记都是写于失眠的夜晚，有的纸上有烟留下的烫痕，碎屑一般的小洞。透过纸上的字句，她忽然感到那个爱着K又恨着K，想要离开K却又离不开K的岑远，心中满是怨恨的蠹虫，这些蠹虫正一点点挖空她对生活的信心与美好想象。

没有信仰的人，总是空洞的。在遇到K之前，岑远将温暖的爱情和美丽的生活当作信仰，如今她觉得这些都是天真的异想天开和针针见血的讽刺。

纸页一张张被翻过，岑远从往事中抽离出来，却在字里行间真正看清楚了那个卑微颓废的自己。

改变很难，但此刻也只有改变这一条道路。

几个小时过去，阵阵睡意袭来，岑远迷迷糊糊睡了过去。然而，还未睡实，她便听到周遭的骚动声。蒙眬中睁开眼，却看到邻座的人纷纷拿出救生衣。紧接着，广播响起，告诉乘客飞机遭遇气流，机长正在紧急处理，请乘客不要惊慌。

岑远感到机身先是轻微地震动了几下，然后震动加剧。在那一刻，岑远竟然异常镇定。她的心像是忽然被某种东西撬开一样，那些沉重得难以承受的乖戾之气缓缓流出，而童年时那种明亮得耀眼的希望轻轻涌进。她感到前所未有的轻松。

在飞机晃动的过程中，她对自己承诺，如果就此结束生命，那也算是一种解脱；如果得以生还，那就以新的姿态面对这个世界。

这次晃动，持续了十几秒的时间。对于其他乘客而言，这是一场未遂的灾难；但对于岑远来说，这是一场得到验证的福报与馈赠。

飞机又沿着既定航线顺利飞行时，岑远感到脸上一片冰凉。她知道，今天的两次流泪，是对新生命的一种呼唤。

抵达意大利时已是深夜。来到事先预定好的旅馆，岑远和衣睡去。那一夜，她既没有中途醒来，也没有做任何梦。睁开眼，天已经大亮。

她走进浴室，将衣衫全部褪去，然后将自己泡进浴缸里。热气蒸腾，镜面早已氤氲不清。她湿漉漉的头发顺水贴在胸前的肌肤上，柔滑至极。她觉得一切都回归了，她的灵魂，她的身体，都重新归属于她。

吹干头发，吃过简单的餐点，已近中午时分。阳光明亮却不暴烈，威尼斯这座水城里到处闪烁着光斑。无论哪个季节，这里都有成群的游人。在以往，岑远定要避开这些喧嚣的场景的。但如今，她穿着干脆利落的服饰，主动挤进人群中，感受这些人身上散发出来的生活热潮。

有一对情侣客气且热情地请岑远为他们拍照，她高兴地为他们拍了很多张。不远处有一个孩子的气球炸裂，他哇的一声哭了起来。片刻之后，他又被另一个玩具逗乐。是的，他们的快乐和悲伤，总是来得急去得也急，他们身上似乎永远都具备强大的伤口愈合能力。

在威尼斯游荡的这一天，岑远感到真切的安稳与充实。不再顾虑别人的喜好，自己只是随心所欲地做自己喜欢的事情。

她想重新做回从前那个认真生活的人。

一个星期之后，岑远按原计划返程。

行李箱里有她带来的各种物品，除却那一本记着痛苦与挣扎的日记。

坐在飞机上，她看到天空蓝得纯粹透亮，就像自己那颗已经洗净的心。向下望，她看到万米之下不过是如蚁一般的微小生命。不必太过讨好别人，自己的悲喜别人不能感同身受。爱情的意义在于相互支撑着走向更远的远方，而不在于相互牵绊，相互磨损。

看清楚一些事情之后，改变并没有想象中那么困难。

岑远将行李箱中的衣服一件件拿出来，并将落了灰尘的寓所打扫干净。

午睡起来后，她拿出手机拨通了K的电话。

岑远的话简单干脆，第二天下午两点在常去的那家西餐厅见面。K听到她这种近乎命令般的冷漠口吻，自然惊诧至极，但他还是没有拒绝她的要求，只是将见面的时间改为了下午四点。

到了第二天下午，岑远像往常那样按照约定的时间早到了十分钟，而K则像往常那样迟到了十分钟。在等待的二十分钟里，岑远异常平静。看到K走进餐厅时，岑远忽然觉得他只是普普通通的一个人，与其他餐桌上的男人并没有什么分别。原来，放下一个人，是这样心如止水的感觉。

在用餐时，他依旧抱怨这道菜味淡，那道菜醋放多了一点儿。而她听完他的抱怨，不动声色地说起他们四年的相处，然后水到渠成地对他说出永远的再见。

他在沉默三秒钟后开始语无伦次地挽留、道歉，可是已经无用。女人一旦决定离开，就真的不会回头。

那一次见面之后，她彻底放下了他。删掉了一切联系方式，扔掉了一切与他有关的物件。

她投入到日常的生活中，用童真般的意念重新热爱这锈迹斑斑的生活。

任性地做一次逃跑者

丁雨薇是我们这一群姐妹当中最不安分的一个人。

她本是一家知名报纸的编辑，本可安安静静地坐在开着冷气的办公室里敲键盘，轻轻松松地拿固定的工资，就算是生活享受比不上那些开着豪车、住着豪宅的富二代，至少也是吃穿无忧，让人羡慕。

但是，她偏偏以编辑的身份去干记者的活。炎夏的正午，当单位所有人都在有空调的屋子里边吃饭边聊明星八卦时，她则扛着笨重的摄像机跑到三里屯的街上，报道一起连环撞车事件。午后三四点，同事们正无聊地浏览网页，看到丁雨薇拖着疲惫的身子回来，则又立即强打起精神，凑到她面前，给她端茶倒水，向她嘘寒问暖，其目的不过是想从她那里得到报道消息。

丁雨薇早已忘记午饭还未吃，打开电脑开始写报道。写好之后，她又编辑校对这篇报道有无硬性错误。待一切无误之后，她便把文档打印出来，呈交给部门领导。

然而，领导最大的本领便是从鸡蛋里挑出骨头。不过五分钟的时间，丁雨薇便被叫进领导的办公室，被告知她所写的那篇报道并无特别之处，而且写报道所用的手法也太过时，不够吸人眼球。

丁雨薇知道，一下午的辛劳又化为粉末。

然而，第二天印出的报纸上，她写的报道却占据新闻版的头条，而署名却是和领导有着暧昧关系的同事名字。

这样的事情，一而再再而三地发生。丁雨薇一次次地闯进领导的办公室，却总能被领导无厘头的理由给驳回去。而下一次她又嗅到新闻的气味时，她还是能不顾一切地去现场挖掘不一样的资讯。

每次我们一群姐妹为她打抱不平，她总是说："谁让我喜欢记者这个职业。"

更确切地说，她喜欢每一次冒险。

每个月，她所在的单位开一次选题会，所有的人都要参加。在选题会上，同事们提交的选题要么与当下混乱的娱乐圈有关，要么与富二代或官二代有关。而丁雨薇提交的选题，总是与人性关怀有关，比如贫困山区的教育问题，重点古城的保护问题，墨脱、雅鲁藏布江等地的地势问题。

选题会上，领导很快给其他同事布置了相关任务。接到任务的同事，欢喜地回到自己的工位上。最终，会议间只剩下领导和丁雨薇两个人。

领导清一清嗓子，对丁雨薇说她提出的选题太难操作，即便花费精力做出来，也没有多少受众群，报纸的销量必然会受到影响。

领导说到这里时顿一顿，而丁雨薇已经知道自己会接到女性化妆品，或是当季流行的露脐装选题。如若她拒绝，那就只能去做编辑的工作，检查一篇篇文章的标点符号、错别字以及语法不通问题。所以，她只能接住领导抛下来的选题，而在私底下找自己所提选题的资料。

在同事眼中，丁雨薇就是一个过分固执的疯子。

某天晚上，看完一部恐怖电影，正好接近凌晨。电话铃声猛地响起，把我吓出一身冷汗。

看到来电显示是丁雨薇的号码，我按下接听键就一通骂。搁在平日里，她定会血淋淋地骂回来，并且不带一个脏字。但这一次，她像个哑巴一样听我说完后，笑嘻嘻地问我：“亲爱的，猜猜我在哪儿？”

“你除了在家里憋着写新闻稿，还能在哪儿？”很显然，我惊魂甫定，因而嘴巴变得狠毒。如果是在以前，我一定会假装说出几个让人匪夷所思的地方。

“错。我在伦敦的广场上喂鸽子啊。”

“你以为你是梁朝伟？”

“只有梁朝伟才可以那样做吗？别忘了，我是不安分的丁雨薇。”

伦敦广场的风一定很大，所以丁雨薇几乎是吼着对我说话。她的声音，从欧洲传到亚洲，让我觉得有一种龙卷风的味道。

直到那时，我才真正意识到丁雨薇的“不安分”有怎样的魔力。她可以忍气吞声在一个地方长久地做下去，因为那里有她的梦想。她也可以随时乘坐任意一趟航班逃离这个满是淤泥的地方，只为了喂一喂鸽子，呼吸呼吸陌生城市的空气。

我在电话里说让丁雨薇给我寄明信片回来，她问我想让她在明信片上写什么。我说写什么都可以，只要明信片上有伦敦的盖戳就好。她想了想说，可不可以写“专门来伦敦喂鸽子，却没有见到梁朝伟”。我听到后说，还不如干脆写“我和梁朝伟在伦敦一起喂鸽子”。说完，我们两个笑作一团。

我明白那只是她的玩笑话，明信片上的文字，肯定不会出现“梁朝伟”，不会出现“喂鸽子”，也不会出现“伦敦”字样。她写出的话，应该是最能反映彼时彼刻的心绪的话。

我没有问她什么时候回来，因为她是一朵在空中飘浮的云。她不会把自己的行踪轻易地告诉任何人。

在丁雨薇离开的那些日子，同事们的情绪由兴奋转为低落，而后又转为焦急。部门的领导亦是如此。

没有人愿意在暑天的时候满大街去找新闻，没有人写得出一篇有价值、有深度的新闻报道，也没有人会像丁雨薇那样认真地修改标点、检查错别字。

一个人或是一座城市的价值，在离开的时候才能看出。这句话说得一点儿都没错。如果不是离开，丁雨薇永远都是同事们眼中的小丑。而她真正的存在价值，就只能在人们的无视中湮没无闻。

当丁雨薇从伦敦回来，再一次走进办公室时，同事们竟一个接一个向她嘘寒问暖，问她去了哪里，是不是身体不舒服，更有甚者请她去吃饭、看周杰伦的演唱会。她对人性洞若观火，知道同事的笼络是为日后进一步利用，却没有道破，反而和颜悦色地给予感谢。

然后，她拿着一封辞职信敲响领导办公室的门。领导的门并没有上锁，完全说一声“进来”便可，但那一次领导离开办公桌，殷勤地为她打开门，并吩咐一名下属员工倒来一杯热水。丁雨薇见怪不怪，不发一语地听着领导说为她升职，让她自行去做自己感兴趣的选题，凡是她写的报道都会放在显眼位置，且保证署上她的名字。

听完领导的话，丁雨薇正好把那杯热水喝完。领导紧张地注视着她脸上的表情变化，以为刚刚说出的条件足以笼络一个热爱记者职业的人。然而，丁雨薇偏偏不是一个能以常理判断的人。她仍旧按照原意拿出那封辞职信，整整齐齐地放到领导的办公桌上，请他接受并签字。

领导显然有些急了，便做出保证，凡是丁雨薇提出的条件，他都可以满足。

“谢谢您这几年的照顾，我想休息一段时间。”

“那休息过后，还会来上班吧？”领导抓住空子。

丁雨薇没有回答。领导清楚留不住丁雨薇，只好做一个顺水人情，说他可以介绍她到一家中央级刊物工作，那里有他的大学同学。丁雨薇再三感谢，却没有接受领导的好意。

她不想再那么累。生活的味道本来就是苦涩的，她想在苦中作乐。

丁雨薇真的从淤泥一般的生活中逃走了。

她所有的行李，只是一个大布包。她停靠的第一站是云南。在洱海的一家客栈里，她做了一名服务员。半日打工，半日休息。薪水自然不高，但已足够支撑她游荡。休息的时间，她全都用来看山看水看人。

丁雨薇穿当地的服饰，吃当地的特色饭菜。与所有的异乡者不同，她不是来旅行的，而是把自己完完全全当成一个当地人。世界这么大，哪里都是栖身之所。身在哪里，心也就该在哪里。

丁雨薇的手机长时间关机，我没有办法主动联系她。而听到她的声音时，往往是在深夜。她的语气不再愤世嫉俗，不再气急败坏，她也不说自己生活如何，而只是告诉我客栈里发生的有趣的故事，以及她在附近游荡时看到的迷人风景。

我问她以后怎么保持联系，她半真半假地说道："亲爱的，请让我消失得彻底一点儿。"

我像以前那样揶揄她："你以为你在演琼瑶剧，甩了霸道总裁还玩儿起消失。"

她的笑声比以前爽朗得多，应该就像云南那边清澈的夜空一样。

以后，丁雨薇又去了敦煌，去了青海湖，沿着青藏线去了西藏。之后，她又自西藏进入尼泊尔，柬埔寨等地，在东南亚一带过着打工与流浪相交织的日子。

从她传给我的照片来看，她变瘦了，也变黑了。但是，她的脸上多了发自肺腑的笑容。那种笑容，我知道是假装不出来的。

有一天晚上，她给我打来长途电话，对我说她已经攒够了钱，也抢到了特价机票，她要马上飞往欧洲了。

“又去伦敦喂鸽子吗？”我心里佩服她的勇气，嘴上却不饶她。

“不，是去偶遇梁朝伟。”

事实上，她没有去伦敦。

她去了土耳其，坐上热气球俯瞰为生活奔忙的整个国家；她去了希腊的圣托里尼岛，在那片把全世界的蓝色都用尽的地方痴坐了三天，读完了一本外国原著；她还去了捷克，站在人群中听流浪歌手一首接一首唱歌。

她去的都是小众国家。她说人群稀少的地方，更容易听清自己的心跳，更容易把旅行命名为逃跑。

丁雨薇重新回到北京这座人满为患的城市，已经是两年之后。

在这两年的时间里，我一直写永远没有完结的稿件。其他姐妹也在原来的公司里，重复做着相同的工作。还有一位大学同学，她读完研究生，又考上博士生，一直羡慕我们拥有宽广的世界，始终抱怨自己的生活太无聊太枯燥，也想迈出校门接触新鲜事物，但她从来没有勇气跳出那座围城。最终，她在博士生毕业后，又考取公务员，在事业单位做着千篇一律的工作。她从来不知道外面的世界有多精彩。

只有丁雨薇一个人，敢于公然挑衅既定的生活规则。当初任性地把琐碎糟糕的世界甩在身后，如今背着一个布包回归，身上衣衫褴褛，心中充盈饱满，色彩斑斓。

她把自己定义为一个逃兵，而我们把她视为凯旋的将士。

两年的时间里，我收到了来自世界各地的明信片，署名都是丁雨薇。

那些明信片上有些是随兴而起的只言片语，有时是描述一个地方的人情与风光，有时则是摘抄一段外国小诗。每一张都令我动容，因为它们是丁雨薇真切走过的痕迹，但我把这些明信片都放到了一个不常打开的盒子里。

唯有丁雨薇去伦敦喂鸽子那次寄来的明信片，被我当成了书签。每次看书时，都会看到明信片后面写的字：

做了那么多年的好战士，这一次我想做一个任性的逃兵。

像一棵植物那样沉静的爱情

在这个浮躁的时代中，稍有姿色，稍有条件的人们都想做歌星或是影星。一夜而红，只需露个面便可得到万人追捧，总不算是白来世间一遭，不留一点儿痕迹。

但有人却偏偏去那些行将就木的行当里找营生，得不到众人瞩目不说，还要受尽周围人的非议，实在是得不偿失。

姜倾城就是这样一个人。她有婉转的歌喉，修长的身段，以及漂亮的脸蛋。但她并没有按照父母的要求去学音乐或是舞蹈，而是在十二三岁的年纪误打误撞中进入了一家专唱越剧的戏班。

那时，姜倾城的父母常年在外地打工，她便跟爷爷一起生活。爷爷最爱听越剧，尤其是那出著名的《西厢记》，几乎是每天吃完晚饭后都要听的。爷爷躺在藤椅上，眯着眼睛，一边听，一边吸着旱烟。姜倾城就把小板凳搬到爷爷身边，俯在上面写作业。

时间久了，她竟然记住了其中的唱词，而且会在不经意间唱出来。爷爷第一次听到后，先是惊讶，而后又变得格外伤感。他知道现在是属于年轻人的时代，但戏曲却正在渐渐随着时间的流逝而日渐式微。

但有一天当姜倾城将《西厢记》中属于旦角的唱词有声有色地全部唱出来后，爷爷忽然有一种将她送进戏班的冲动。不过，他心中还是有些顾虑，这样的做法，该怎么向她的父母交代呢？更何况，他也希望孙女长大以后可以有一份稳定的工作，而只把戏曲当作兴趣爱好就好。

事情就这样搁浅下来，他还是在傍晚听《西厢记》，而姜倾城还是一边听越剧，一边写作业。

不久，村长家办理丧事，请来一个专业戏班来唱三天戏。正在上课的姜倾城，听到那句“碧云天，黄花地，西风紧，北燕南飞。晓来谁染霜林醉，总是离人泪”，忽然就坐不住了。她装出肚子疼的样子，向正在上课的老师请假。得到允许之后，她奔跑着来到戏台前，扑进了爷爷的怀里。

爷爷仿佛知道她一定会来似的，脸上是难以言说的复杂神情。

戏班唱了三天，姜倾城也逃课逃了三天。三天过后，戏班拆掉简单搭起来的戏台，收拾家伙，准备离开。姜倾城忽然哭着请求爷爷让她跟他们学习唱戏。

爷爷本以为他们无论如何都不会收一个没有受过任何专业训练的孩子，于是便拉着满脸泪痕的姜倾城去见班主。班主见她哭得梨花带雨，也于心不忍，便让她随便唱两句。

她立即抹干泪痕，张口就唱“碧云天，黄花地，西风紧，北燕南飞。晓来谁染霜林醉，总是离人泪”，声调婉转而悲戚，像是真有满腹心事无处诉说，一招一式都带着越剧独有的妩媚惆怅风韵。

其他戏剧演员听到姜倾城这两句，都不由得放下手中的行李，驻足观看。当然，最震惊得要数班主，他听到姜倾城的唱词，才开始细细地端量眼前这个大概只有十二三岁的女孩儿。只见她柳叶眉，鹅蛋脸，身材修长，裤子应该才穿了一季，但看着已经短了。这女孩日后定当出落得亭亭玉立，再加上天然的一副好嗓子，以及对戏剧的一腔热爱，简直是唱戏的好材料。

班主当下决定要带她走，培养她。姜倾城欢呼雀跃，转身却看到爷爷掉下了眼泪。他不会对任何人讲，她的祖母就是因为太爱唱戏而受过太多冷眼，吃过太多苦，最终在胃癌的折磨下去世的。

命运的延续，是一件任何人都左右不了的事情。

姜倾城还是跟着这个专业的越剧戏班走了。按照班主的吩咐，她拜唱《西厢记》的生角为师。除了不定期跟随戏班演出，她日日练习唱腔、念白、舞蹈。每次发声，吐字、过腔、收音都力求准确无误，平声、上声、去声、入声逐一修正。每一招每一式，从眼神到指尖的动作，她对自己要求都极为严格。有时练到半夜，也觉得时间不够用。

她的师傅叫周瑾蔷，不过二十出头的年纪，但因早年下过苦功夫，再加上有前辈耐心教导，很早就坐上了正旦的宝座。她虽是女儿身，脸上却透着男子的英气，描眉画脸后，便是一个俊美的男子。平日里也常穿一件白衬衫配一条卡其裤，英姿飒爽让人羡慕。

姜倾城有时是分不清师傅的性别的。在台上，周瑾蔷是个痴情的男子，每次蹙眉、每次眺望、每次发声，都是惊魂动魄的美。在台下，周瑾蔷就变成了一位严厉的老师。稍有差错，便让她重复五遍、十遍。

戏班里还有其他的学徒，但大多都贪玩，唯独姜倾城一个人在时间的磨砺下，逐渐发出微弱但足够耀人的光芒。

三年之后，这个戏班在越剧界已颇有名气。他们应邀参加一个戏曲节，演出的剧目就是《西厢记》。

此时，姜倾城已经十五岁，像是一朵蔷薇正在心无旁骛地盛开。她在周瑾蔷的教导下，逐渐领悟到越剧的要旨，声腔比先前更婉转柔媚，舞蹈动作也比先前更灵动缠绵。

因为这个戏班第一次参加戏曲节，所以班主很看重这次演出。他把最重要的生角和旦角，给了平时发挥最稳定也最出彩的周瑾蔷和梵佳琪。

然而，临出场前一个小时，梵佳琪阑尾炎发作，被送进了医院。班主急出一身汗，他领导这个戏班这么多年，一向的原则是要唱就唱到极致好，要么就不唱。所以，那一刻他绞尽脑汁想着怎么婉转的向戏曲委员会交代退演的理由。

突然，正在描眉的周瑾蔷站起来说："让姜倾城演吧。在台底下，我们已经试演过很多次了。"

班主看向恭恭敬敬站在一旁的姜倾城，她的眼神里盛满跃跃欲试。他忽然想起第一次听到她唱戏时的情景。半晌，班主终于点点头。或许，他觉得这是一场赌注，但冥冥之中他仿佛知道，他会赢。

姜倾城立即坐到梵佳琪的位子上化妆，周瑾蔷一边忙自己的事情，一边偷偷观察她。她画得很认真，很细致，脸上丝毫没有紧张情绪。画好之后，她转过头来看周瑾蔷。周瑾蔷心中不免震惊，那是一张太美艳的脸，细长的眉毛轻轻往上扬，一双眼像是会说出暖人心的情话来，至于那两瓣红而柔的唇，仿佛会吸干任何一个人的精魂。

这是周瑾蔷第一次觉察到姜倾城长大了，她再也不是那个怯怯的十二三岁的小丫头了。

姜倾城见师傅一直看着她，以为师傅是担心她唱不好，便做出一个拍胸脯的动作，表示自己完全有信心。然后，她起身换上旦角的服饰。

帷幕落下，帷幕又拉开，该是她们上场的时候了。

乐声起，灯光亮，姜倾城自幕后走到台前。台下即刻响起掌声，她深深吸一口气，甩一甩衣袖，便随着声乐的节奏唱起来。

那些唱词，那些舞袖与转身，她已经在师傅面前练习过好多遍。如今在台上演，不过换了一批观众而已。她并不知道什么是怯场。

掌声时时响起，喝彩声此起彼伏。始终站在台侧紧张观察观众反应的班主终于放下心来。他想，姜倾城终于变成了真正的“倾城”。

随后，周瑾蔷从布景后走出，与姜倾城饰演的崔莺莺相遇。两人一见钟情，顾目流盼，羞涩与倾慕之情表现得淋漓尽致。

一个是俊美书生，一个是娇媚小姐，偶然邂逅总要衍生出爱情。在台上，周瑾蔷就是张生，姜倾城就是崔莺莺。张生和崔莺莺相互爱慕，就是周瑾蔷与姜倾城相互爱慕。

她们都是女人，但也正是因为是女人，她们的感情才那么丰满，那么充沛，难么投入。

在台上，她们把每一次相遇，每一次被阻拦，每一次传信，每一次分离，都表现得那么逼真，以至于让人感觉到她们不是在表演，而是在展现她们的日常生活。

张生上前，崔莺莺退后；张生深情，崔莺莺不敢直面。戏中的人物在悲欢离合中又哭又笑，戏外的人物则在编造出的故事中忘记自我。

周瑾蔷与姜倾城的目光不止一次地碰撞在一起，由于这是一出戏，她们不能回避，只能像情侣那样从对方的双眼中看到对方的心里，再从对方的心里看到那个为爱痴狂的自己。

戏曲中没有牵手，更没有拥抱，但是长袖挥在一起时，或是绕着舞台追逐时，比现实中任何亲密的动作都让人神魂颠倒。

唱到分离那一幕，姜倾城竟然真的流下了眼泪。她的声音带着撕心裂肺的痛楚，让听到的人也不由得被她的情绪所带动。

在谢幕时，周瑾蔷替姜倾城拭去眼泪。

那一刻，她们都感到难以言说的异样。

演出非常成功，班主当着大家的面，宣布姜倾城以后饰演正旦，与周瑾蔷配合重要演出。

从此之后，她们不再是一个教，一个学。她们之间更多的是切磋与商讨，是争分夺秒排演每一句对唱，每一个舞蹈动作。

姜倾城不再叫周瑾蔷师傅，而是轻轻地唤她瑾蔷。周瑾蔷听到这个十五岁的清丽女孩儿这样唤她，想到那天在舞台上的缠绵与不舍，忽然之间意识到了什么，但又不敢深入去想。她想，或许姜倾城还小，分不清戏里戏外。等到姜倾城再长大一些，就知道有些事不可太执着。

姜倾城见师傅并不反感她叫她的名字，胆子也就变得越来越大。不排练的时候，她也要和师傅黏在一起，动作亲密，说话暧昧。周瑾蔷有时不声不响，任由她放肆。但有时也会轻轻地点醒她，告诉她生活是生活，戏曲是戏曲，不能胡乱混淆。她听到后，只稍稍安静一会儿，便又“瑾蔷，瑾蔷”地亲昵叫起来，弄得周瑾蔷哭笑不得。

戏班的名气越来越大，接到的演出越来越多，姜倾城和周瑾蔷的配合也越来越默契。每一次登台，姜倾城都会全然沉浸到戏中，她即是戏中人，戏中人即是她，相逢与分离，相思与永别，都唱得让人心碎。

许是因为太入戏，她在不知不觉中爱上了周瑾蔷。

她相信这是爱。虽然她爱上的人，是她的师傅，是一位女性。

姜倾城信奉“不疯魔，不成活”。如要唱得好，感情就要到位。因为感情太到位，所以她不知何时把周瑾蔷当成了永恒的恋人。

虽然姜倾城平时经常在周瑾蔷面前耍赖，讨要怜爱，但她从未真正明白地说出来。并不是怕周瑾蔷会疏远她，而是觉得当下这种一起唱戏的状态是最好的。

在她看来，戏曲是最缠绵，也是最委婉的一种文艺形式。悲欢离合，都能达到极致美。

两年又过去了，她们仍旧是台上最默契的搭档，台下最暧昧的朋友。

姜倾城以为这种日子会永远延续下去，但戏曲总有剧终的时候。

周瑾蔷向班主请了一周的假，回来之后便给每人发了一袋喜糖。姜倾城也收到了她的喜糖。她怔怔地问她，这是什么意思。周瑾蔷回答说，她要结婚了。

姜倾城继续问：“他爱你吗？”

“我们相爱。”周瑾蔷回答得很简单，但并不敢看姜倾城。

最终，姜倾城擦干眼泪，问周瑾蔷可不可以最后唱一次《西厢记》。周瑾蔷点点头。

就这样，她们用一个小时的时间，在戏中完成了偶遇、倾心、受阻、分离。

周瑾蔷结婚后退出了戏班，做了全职太太。姜倾城则留了下来。她要继续用自己的万种风情，在戏中活出荡气回肠的生命。

至于她们之间那未曾道破的爱情，始终以一棵植物的姿态，沉静地发芽，又沉静地消亡。

年华似水，有你才美

闺密欢拍婚纱照时，正碰上我休假，便陪着她去了。

画上浓而不腻的妆，披上洁白如雪的婚纱，姿色本来就突出的她，还是那么美。在拍单人照时，她每一个动作都极为自然，毫无做作之感，但与未婚夫陈明站在一起时，她便显得很是局促，无论摄影师怎样指导，她脸上的笑容，以及摆出的姿态都稍稍显得别扭。

她身形娇小，身高只有一米五五，但因生得花容月貌，口口声声说非白马王子不嫁。前几年，尽管周遭不乏男子向她表白心迹，她始终未放宽择偶底线，宁愿一个人在窗口姿态优雅却寂寞地看着月亮，也不愿慌张地掉入婚姻泥沼，系上围裙与伴侣一起洗碗。

直至遇见陈明，她那一颗不安分的心才尘埃落定，不再张望远处那座更高更巍峨的山峰。单身美则美矣，终究像一枚尚未镶嵌的宝石，即便闪着诱人的光泽，终少了些许衬托。陈明一米八多的个头，长相不凡，事业也算小有成就，他的适时出现，恰如大气却不乏精致的托座，将她这枚宝石衬得甚是耀眼。

他们站在一起时，高矮悬殊，引来不少行人侧目，但偏偏他们都不愿活在旁人的眼光里，认为彼此相爱已然足够，又何必为了躲避冬天的风雪，就在炎热的夏季早早地穿上棉衣。

要与最适合自己的人披荆斩棘地度过荒蛮岁月，让细水变长流，而不是与他人眼中的完美王子或公主清晨激情投入，傍晚便两两相散。他们清楚地知晓内心所需，即是找到能与自己披星戴月抵抗平淡生活的伴侣。

于是，欢心甘情愿地脱下了舞鞋，洗手做汤羹。陈明也决定用自己的肩膀做她的翅膀，在凉薄的世间赠她以温柔。

拍婚纱照，他们站在一起依然是那般不和谐，即便欢踮起脚尖，仍够不到他的肩膀。尽管陈明紧紧握着她的手，以眼神示意她不必拘泥，她仍旧觉得难为情。我在一旁极力像平日那般和她开玩笑，也是无济于事。

最终，摄影师放弃当前外景的拍摄，将他们带到另一个外景地。那里有着欧式风格的建筑，每座城堡式的房子前，都有以大理石铺设的台阶。摄影师指挥陈明下一个台阶，如此他恰与穿着高跟鞋的欢相称。

就这样，陈明伸手揽住她的腰，她轻轻靠在他的肩膀上，摄影师不失时机地按下快门。那张照片上的他们，笑容绚烂如霞，任谁看来都觉得他们是天造地设的一对璧人。

生活并不像我们想象中那样随时皆合你我心意，它变幻莫测，时而风雨时而晴，春秋冬夏交替轮回。

眼前人又何尝不是如此，他不是踩着七彩祥云悄然而至，提着利剑和恶龙作战的英雄，他有软肋，亦脆弱。

因而，不必苛求，懂得适时下一个台阶，无论生活与眼前人，便都恰好与自己合拍。

如若说爱情是一首辞藻华丽的诗歌，那么婚姻则是一篇流水账似的日记。前者是爱浇灌的灵感，后者则是烟火厨房里的平淡与油腻。

结婚后，欢与陈明免不了为些琐事争吵。起初，每当他们之间出现矛盾与争执时，欢便气鼓鼓地将我约到咖啡厅，继而关掉手机。然而，每次我们都还未坐稳，陈明的电话便打到我这里。我笑着把电话传给欢，自己用汤匙慢慢搅动着咖啡，看着欢脸上的神情由不快变得欢喜。

他下了一个台阶，所以他们的心又处在了同一高度上。

尽管他们有千山万水的路途要走，有鸡毛蒜皮的琐事要处理，有朝夕相处以至于出现审美疲劳要慰藉，但因他甘愿主动下台阶，他们的生活在周遭人眼中，仍像刚刚相恋那般相契无间。

人生之路，婉曲而漫长，台阶似乎永远下不完。

被爱的人，总是有恃无恐，将任性当作一种依赖，以此验证对方的情到底深几许。

欢约我在咖啡厅见面的次数越来越多，我也时常告诉她，宠爱的分量是定值，总有一天会用完。她听完则一笑而过，姿态悠然地等着我的电话铃声响起。

渐渐地，他开始倦了，累了，不愿再在无尽的台阶上走下去。那一次，从午后三点至夜里十点，我都没有接到电话，只是收到了一条短信，说他暂时搬去了朋友家。

走出咖啡厅，街上行人寥落，只有呼啸而过的车与风。

我跟着她回了家，一进门就看到客厅里摆放着他们那张婚纱照。他揽着她的腰，她轻轻靠在他的肩膀上，笑靥如花。照片中的他们如此和谐，只因他们并未站在同一水平面上。

他下一个台阶，自然能营造融洽的生活氛围。但婚姻犹如了无新意却又一再重播的韩剧那般充满乏味感，当他累时、倦时，她也该懂得去包容，朝着他的方向迈上一个台阶。如若她始终站在原地，而他一直下台阶，他们会距离彼此愈来愈远，甚至错过。

她看着这张婚纱照，终于主动拨出了他的电话。

第二天，因我要上班，欢早早地送我出门。打开门那一瞬，我们正看到陈明仁立门侧。惊愕之余，欢的眼睛里漫起晨雾。我接过欢手中的包，独自走出小区。转弯之前，我回望了一眼，正看到他们牵手走进家门。

这一次，她上了一个台阶，他们的脉搏又开始和谐地震动。

你下来也好，我上去也罢，都是为了在似水的年华里，制造美丽的记忆。

愿你有勇气忠于内心

毛毛一直觉得，程方身上有一种很特别的气质。

有一次周末，毛毛约了他去泡咖啡馆，约好的是下午两点，她自己却迟到了，两点一刻才急匆匆下地铁。当她火急火燎地跑向地下通道，却看到程方穿着大短裤，坐在地上，倚着墙悠闲地玩着手机游戏。

毛毛停下来，远远看着，脑子里冒出的第一个念头是：地上难道不脏吗？看了半晌，她又觉得他那副席地而坐没正形的样子，简直像一个四处为家的流浪者。经过他的人都瞟他一眼，露出或惊讶或嫌弃的神情，他当然毫无察觉。

程方一直以来就是一个不太在乎别人眼光的人。

大二的暑假，他一个人去南方旅行，辗转到了某个不知名的小城。在小城充满复古风情的街道上闲逛了半日后，他遇见了一个卖艺的中年男人。

那人四十岁左右，留着蓬乱的胡子，浑身脏兮兮的，弹一把破旧的吉他，吉他盒里还扔着一把口琴。

程方在旁边听了片刻，来了兴趣，上前搭讪。二人聊了一会儿，中年男人便将手上的吉他递给了程方。就这样，程方弹吉他，中年男人吹口琴，这一对奇妙组合引得路人纷纷驻足。

短暂的合作很愉快，程方的加入给中年男人增加了不少收入。收工时，男人从吉他盒里抓了一把纸币，要送给程方。

程方没接，嘻嘻一笑，转身走了。

还有一次，也是暑假，他去西藏。说好一星期左右就回来，结果一个月过去，毛毛也没接到他电话，打他手机也不通。

不会是因为高反死在哪座山上了吧？毛毛心惊肉跳地想。

过了几天，程方终于回来了。问他干吗去了，他轻描淡写地说，也没干吗，只是交了个朋友，在他家住了一个月。

毛毛没办法生他的气，她只是觉得害怕。

程方脑子很聪明，轻而易举考上重点大学，在大学里成绩好得很，不用她为他的将来担忧。他也是个温柔的男友，对她相当迁就。但毛毛知道他很讨厌束缚，也讨厌循规蹈矩的生活。她担心这样下去，未来的某一天，他真的会抛下一切，去到一个她不知道的地方追寻自由。

而毛毛原本的打算，不过是大学毕业回到家，陪伴在父母身边，从此安心工作，安稳生活。就像她的父母所希望的那样。

终于，在那次迟到的约会中，毛毛冲程方发了火："你有人把时间出去旅行，为什么没时间多陪陪我？！"

程方一脸莫名其妙，"学习和旅行之外的时间，都用来陪你了，还不够吗？"

毛毛感觉自己的怒火被兜头浇了一盆凉水，她叹了口气："你喜欢我吗？"

"喜欢。"程方一副理所当然的模样。

"有多喜欢？"

听到这个问题，程方露出疑惑的表情，半晌才摇头，说了一句"不知道"。

那次约会，毛毛借口不舒服，早早回去了。

她想，这就是答案了。

这个男生，可以轻而易举地成为任何地方的任何人，融入哪里都不会显得突兀，而她想要的，不是任何地方的任何人，而是一个会留在她身边的男友。

他们在毕业之前分了手。

毛毛将“分手”两个字说得斩钉截铁，所以程方什么也没有说。

她至今仍记得程方当时的神情，那是一种介于吃惊和震惊之间的表情。毛毛觉得，这件事带给他的影响也就仅此而已了。惊讶过后，程方一切照旧。只不过是和女友分了手，这一点也不妨碍他继续四处游荡，生活自由自在。

后来毛毛听他室友讲，程方在那之后有一个星期的时间没有去上课。毛毛也只是心如止水地想，是吗？

毕业后，毛毛回家，爸妈早为她安排了工作。没过多久，她开始有条不紊地相亲，很快就和一个门当户对、长相性格都不错的男人结了婚。

双方父母分别为他们购置了房子和车，婚后她继续工作，日子过得平稳安静。丈夫的职位和薪水稳步上升，毛毛在三十岁之前，按照计划怀孕生子。

有时，哄宝宝睡觉，长夜无聊，毛毛也会想起大学时期的那段恋情，想起那个从来不带她一起旅行、从不在乎别人眼光的男生；但更多时候，她在客厅逗宝宝笑，丈夫在厨房叮叮当当做饭，她享受着眼前的一切，觉得自己做了正确的选择。她确信自己是幸福的。

毛毛三十二岁那年，丈夫晋升为主任，应酬一下子多了起来，她虽然孤单，倒也因为有儿子相伴，日子不至于难过。

接下来发生的事情，过于顺理成章，从丈夫的回家时间、手机、钱包、衣物，以及前言不搭后语的谎言和越来越恶劣的态度中，毛毛知道他已经变了。

她去找父母商量，父母却怪她多想，甚至还劝她，丈夫升了职，工作压力大，要对他温柔点。

毛毛听出了父母的言外之意，在这座小城里，父母也算是有头有脸的人，她不能把事情闹大，不能给他们丢脸，为此她必须睁一只眼闭一只眼，忍气吞声。

那天，毛毛照常去幼儿园接儿子。开车回家的路上，在一个十字路口等红灯，她忽然记起程方过马路双手插在裤兜里目不斜视的样子，而那时的自己总是挽着他，紧张地东张西望，有一次他看着她笑，说了一句：跟着我走，别怕。

红灯变成绿灯，后面的车叭叭地按喇叭，她忽然泪如雨下。

当初为什么没有勇气跟着他走呢？那些未知的路，不属于世俗的路，没有经过验证和精心安排的路，为什么害怕踏足呢？

十年过去了，她活得这样安稳，然而苟且，父母甚至要求她继续苟且下去，牺牲尊严和幸福，敷衍着过这一场人生，只为了保住脸面。

当初是她自己选择了踏入世俗的安稳轨道，也就必须遵守这个轨道里的规则，正如当初是她选择了放开程方的手，如今也就没有资格再后悔。

但是，毛毛想，她也可以像程方那样吧？她也可以成为另一个地方的另一个人，而不是仅仅将自己禁锢于这座城市，禁锢于女儿、妻子、母亲的身份吧？

经历漫长的拉锯战，和父母冷战数回，和丈夫吵架、谈判数次之后，毛毛终于离了婚。单亲妈妈，她知道她还有很长的路要走，或许还会很艰难，但她知道，她不会再后悔。

我们之中的大多数人或许也是这样，拼命追求看得见抓得着的安稳，追求别人眼中的光鲜和虚荣，然后把日子过成日复一日的苟且，失去幸福而不自知。但庆幸的是，走过许多弯路之后，我们终将意识到，他人认可的幸福和脸面，只是虚空，而从前被视为虚空的自由、爱情、诗意和远方，其实是生命里最真实的存在。

离婚后，毛毛在朋友圈里发的第一条状态是：

愿你我看得见自己要走的路。

愿你我任何时候都有勇气忠于内心。

F

愿所有美好如期而至

愿无岁月可回首

亲爱的张躲躲：

收到这封信你也许会觉得很奇怪。前一天凌晨三点的时候，你写下了一封《给十年后的自己》的信，我看出了你的期待、你的迟疑、你的心潮澎湃，你提醒自己不属于过去，而是属于未来。这样很好。你的人生有许多十年，但自你二十岁起的这十年，最重要。

在这十年里，你的心境、选择、情怀，将会决定你今后会成为一个什么样的人。你从九岁起，每年都会在同一个本子上写同一段话，为的是监督自己每年练字的成果。到了你十七岁的时候，你发现字体几乎已经没有变化。成长也一样，总会有些时间节点，某些方面会达到相对成熟，之后才是完善和个性化的拓展。

我怎么知道这些？因为我就是十年后的你。

你现在要慎重考虑，是否把这封信完完全全地读下去。我见证了你这十年的所有动荡，我知道你曾经因为得偿所愿狂喜过，记得你被喜欢的人拉着手回家路上的每一阵风。

我能够给你一些过来人的经验，但你是否要接受，还是决意要自己去看那些无人撑伞的漫长风景，走无人掌灯的阴冷夜路，都在你。我只希望，在你人生关键的时刻，可以打开这封信，得到少许支持和安慰，而不是随便找个人发泄心情，却被人看穿你的狼狈和不堪。

二十岁的时候，你大三。大部分课程已经上完了，你每天不是窝在宿舍的床上，玩网游看淘宝逛人人网还有论坛，就是去逛街约会踏春。你觉得世界那么喧嚣，那么有趣，可以尽情肆意妄为。

你几乎忘掉了大学前两年，每天晚上坚持上自习的样子。你也不屑于过上铺女生那样，白天去听数学系的课程，晚上回来准备跨专业考研或者拿双学位的生活。你也不打算像隔壁宿舍的女生那样，找两份兼职，在奶茶店站一上午，再坐一个半小时的公交，到城市的另一头去给别人上课。你觉得也没必要像班长一样，早早就想清楚自己以后想干什么，然后开始像找正式工作那样四处找合适的实习机会，提早进入社会。

你漂亮，开朗，有许多吃喝玩乐的朋友。你不知道，你正在浪费一生中最后一段自由时光，以及一些机会，比如结交能够两肋插刀、哪怕只是耐心地听你说完烦心事的朋友。而且往后，你再也不能快乐地嗨到半夜，第二天关机睡觉想翘课（ban）就翘课（ban）。

如果你知道，一年后你再去找实习，发现许多跟你一样年纪的实习生，已经能够独立操作选题，能够当卧底做深度调查，你只能自惭形秽的时候，或许当初不会那么盲目自信。如果你知道再过几年，你休年假，不管是家里睡大觉，还是在旖旎风光里流连忘返，一个电话打过来你就必须滚回来工作，或许你会更珍惜大学时光。

人生的前半段有多挥霍，多任性，多不愿意努力，那么后半段，残酷的现实一定会让你哭着补偿回来。这不是危言耸听。用一句流行的句式来说就是：自己选择的路，跪着也要走完。

做学生的时候因为要睡懒觉要逛街而逃课，因为要约会要追剧而抄作业，因为失恋或者一时心情不好而把世界放置一边不管不问，把自己的私情绪私状态看得比什么都重要。等工作了才发现，这个世界最不重要的就是自己，而别的东西一样都逃不掉。责任逃不掉，负担逃不掉，悲伤也逃不掉。

当生活必须跪着行走的时候，矫情就自动过滤掉了。

后来你工作了。

你买了双可以健步如飞但是不甚美观的翻毛豆豆鞋，结果你只穿过一次，是在接到邀请函出席某场艺术刊物创立的发布会上。

你以为那跟你以往参加的发布会一样，领导坐第一排，后面嘉宾坐三排，记者坐后面，没人会注意你。那天你走进国贸的宴会厅，两边是着一袭白裙拉小提琴的优雅姑娘，所有来签到的人都穿了正装和礼服，只有你，孤零零地像个丑小鸭。

丑小鸭之所以能变成白天鹅，是因为她本来就是白天鹅。

回去的路上，你买了一双十厘米的高跟鞋，丢掉了那双难看的豆豆鞋。结果，那双鞋你也只穿过一次。那一天，你要去专访国内某知名奢侈品网站的首席执行官，你穿上自己最贵的连衣裙，十厘米的细跟别在路中间的夹缝里，好不容易才拔出来，在人家楼下又把脚崴了。

张躲躲呐，你选高跟鞋的品位和考虑，跟你在工作中的状态，真是一模一样。矫枉过正，想得太多，又实践得太少。

二十二岁，你刚开始工作，以为人生一半以上的不高兴来自于睡不饱，另一半来自于没钱。

于是你在工作之余接了兼职，每天下班后匆匆吃完晚饭，又打开电脑开始写稿。你资质差，没名气，不敢计较稿酬，你只得写写写写写。要是工作太忙，加班太多，回到家已经十点，你经常写着写着就睡着了。

有一天你半夜醒来，笔记本上电源键发出幽幽的蓝光，你直起腰，发现脖子酸痛得不行。你开始觉得委屈，在这个城市里你匆匆忙忙，慌不择路，随时都要处于备战状态，容不下一点私情绪。这个世界耳目太多，都等着看笑话看颓败，让人没有勇气露出软弱，承认放弃。你说，为什么只有我这么辛苦？

大家劝你，辛苦就多睡一会，不开心就不要接，生气了以后就不再合作，迷茫了就停下来想一想，此路不通就转个弯，失败了就多试一次。

你着急地说，不行啊，我答应别人了啊。

张躲躲，你从幼儿园就知道答应别人的事情要做到，你现在是成年人了，在答应前，可不可以请你考虑下自己的体力、精力、能力？在你做成某件事之前，你的痛苦对于别人来说就是一个屁；同样，在你成功的时候，你的喜悦在别人看来也是无关痛痒。你要么与它们相处，要么乖乖地做个睡得饱饱，每天开开心心的美（少）女。最笨的办法就是自怨自艾。

李海鹏说，我不介意偶尔谈论略带诗意的话题而被人嘲笑。王小波也说过，人仅有此生是不够的，他还应该有一个诗意的世界。马尔克斯说，当人类坐着一等车厢而文学只能挤货物车厢的时候，这个世界也就完了。死亡诗社里说，医药，法律，商业，工程，这些都是高尚的理想，并且是维生的必须条件，但是——

诗，美，爱，浪漫，这些才是我们生存的理由。

但你和他们一样，只看到“诗和远方”，没有看到你为什么需要忍受眼前的苟且。因为你还没有能力去给生活的本质——也就是诗意的世界——支付诚意。这题目谁出的？评判标准是什么？怎样才算对？怎么到处都是正确答案。正确答案？真的有吗？我也不知道。我到这个年龄，也还有没看过的世界，大得没有边际，无法想象。

就像你的大学老师在课堂上说的一样：你还年轻，还可以犯错。要是已经看见正轨的尽头是什么，不如偏离它试试看，也不用跟别人比，你们未来要走的路肯定不会一样，终点不止一个，成功不属于同一个人。你，你，你们，都有着各自的可能性。

你做着你喜欢做的事，还觉得十分疲惫，那是因为，你还没有打下维生的基础。我希望你能够在做好一切准备的情况下，才去领略这个世界的诗意，到时候你才会发现，你可以生活得非常满足，而不是像你大三时候那样，以为年轻就是一切。

二十五岁的时候，坐在你左手边、和你共事了三年的同事离职了。不知为什么，那一年，公司里接二连三地掀起了一场离职潮。不是效益不好，也不是待遇不好，但大家好像纷纷都用了同一种理由：

想换一种生活。

而你在那个时候，连自己想要什么样的生活都还搞不太清楚。你也有过一段时间的动摇：不再早到公司半小时，不再主动揽下更多的任务，不再积极地提出新的想法。

别着急，我亲爱的姑娘。什么时候你不会因为身边同事离职而怀疑自己的选择了，你才会在职场上真正成熟起来。

但是我要提醒你，有件事情可以“跟风”，那就是健身。过了二十五岁，你再也不是“干吃不胖”以及“随便熬到三点钟都没事”的体质了，你可以不必花大钱去健身房请私教，不必每天在朋友圈晒跑步路线和速度，但是起码你要定期锻炼。跑步、快走、游泳、骑单车，在家里也可以抽空做几组平板支撑、深蹲、俯卧撑和仰卧起坐。

你现在就要知道，三十岁后的容颜和身材，都得自己负责了。

二十六岁的时候，你经历了迄今为止最痛的一次分手。

在那之前，你们曾设计过未来一起生活的场景。他虽然有轻微抱怨，这个小区虽然好，但是太贵了，我们买不起。但还是许过你一个无瑕疵的未来。

当你偷看他的QQ记录，发现他和那个红颜知己约好，以后聊天在小号上，不让你看见，你的天空就已经有了裂缝。

微博上有个问题问得好：女生是如何发现男友出轨的？下面一大堆评论。女人不仅是天生的侦探，还是天生的大数据分析者。你在看到他和另一个女孩约好一起去丽江的时候，给他留了言：晚上下班早点回来，有事和你说。

然后你就躲在被窝里瑟瑟发抖。世界暗无天日，你明显感觉到心里有个部分关闭了。

后来他问你，沐浴露都要一次次买回过去喜欢的味道，为什么人说丢就丢了，再也不给他机会？

你说，不是每一款你用过的沐浴露都喜欢，也不是每一款爱人你都想留在生命里。

好样的。虽然之后你经历了非常漫长的愈合过程，你在上班的时候总是毫无知觉地掉下眼泪，被人惊讶地询问。你想逃离这座城市，最终没有走成。

你请了个长假，日日在拉上窗帘的房间里昏睡，你不敢在白天出门，不敢见人，你曾在深夜哭醒过来，翻遍电话本都找不到一个合适的倾诉对象。你试着打了一个电话，没人接，第二天对方抱歉地回复：昨晚睡着了。你也只是淡淡地说：我也没什么事。

没有人能够叫醒一个装睡的人。亲爱的张躲躲，倘若你看到这里，正在经历这段过程，我想告诉你，让你自暴自弃的，就算从前是一段好的恋情，现在也不会是了。

往事成群结队，伤害是这个世界上唯一没有返程的路。我希望你知道后，后来就不会伤害那个无辜地对你好的男孩。

二十八岁的时候，曾经阻拦你早恋的父母也开始着急，四处为你张罗相亲。你在N城的阿姨也问你，要不要去人民公园，那里每个周末都有急切的父母贴上适龄儿女的简介。你轻轻地摇摇头。

我知道你心里的想法，也支持你：接吻是一件顺理成章的事，恋爱也应该是，而婚姻不只是两个差不多的人在一起过日子。故事的开头不应该是：有两个男孩，身高差不多，一个是知识分子家庭，一个是富二代……故事的问题也不应该是：选哪个好？

二十九岁的时候，照例在家过完春节七天假，第二天就要回去上班了。那一晚，奶奶颤巍巍地来到你的房间，看你收拾完行李，从兜里小心翼翼地拿出几个布袋子，一一展开，从里面掏出她当年的嫁妆：金镶玉的项链、金手链、金戒指、玉镯。

“奶奶年纪大了，不知道什么时候就走了，这些本来就是要给你的，你放好。”奶奶看着你把它们再次小心包好，放进抽屉里锁好，才安心地回到自己房间睡觉。

其实你不知道，在你回来之前，她已经连续住了两次院，她不让爸爸妈妈告诉你，说你上班忙。

微博上曾有人说了一个亲身经历的小故事，大意是这样的：她在和朋友打电话，说最近开始用神仙水（SK-II），皮肤变光滑了，可能是新陈代谢加快了云云。打完电话，奶奶就悄悄扯了扯她的袖子：你有什么神仙水，也让我喝一口吧。

我知道你去哪都没有怕过，但是家人老了。

十年，用句老套的话说，真是弹指一挥间。想说的话还有很多。多想陪你一起成长，但又知道，有些坎坷最好不去避开。

年轻的时候最担心的，是“怀才不遇”，你可能会很着急，就像种子发不出芽，花苞未绽先谢。无论在哪个阶段，你没有拥有的东西，都不要太着急。或许本来就不在你能力范围之内，不是有个机会你就能怎样怎样。这个社会不会单独给你一个人恶意，是你太弱了。自己的脸，该扇的时候不要客气。

你可以用人生最好的年华做抵押，担保一个说出来可能会被人嘲笑的梦想。别怕，人生总比绝望长。只不过，一定不要在和生活斗智斗勇的过程中，变得世故和不再纯真。

我其实不太希望，你过早在象牙塔里规划自己以后的工作生涯。如果有可能，我希望你多读几年书。要知道，你会工作一辈子，但能够心无旁骛地沉浸在前人留下的丰盈成果里，也就是这几年了。

人生如寄，世事如书。尼克·霍恩比说，读书，其中一个益处，是能填补个人人生阅历的苍白。别人多少年才走完的路，在书里，几十天、几天甚至几小时，如同电影镜头为你回放。那些原本要历经沧桑才能体会的心情，现在却有幸在岁月还未耗逝的时候就一窥究竟。

我在三十岁的年纪，其实还有许多迷茫与困惑，那将是下一段旅途要解决的问题。当我们没人疼没人爱的时候，世界好像到处都是忧愁和压力。我们哭一点，缓解一点，再往前走一段。很可能一辈子就这样了，也很可能不。但为了这一点可能，我觉得我还很需要以后的路。

你也一样。过去无论发生什么，都将为你的梦想注脚。愿你无论什么时候回过头去，都不后悔，不自卑。愿无岁月可回首，且以从容共余生。

你终将成为你梦想中的样子

上周六下午，我和梧桐去尤伦斯当代艺术中心参加“你好，尼泊尔！”旅行分享会，分享者是我们共同欣赏的旅行家——树小姐。

现场，幻灯片上各种各样的尼泊尔照片一闪而过，树小姐不可思议的尼泊尔经历幻化成美妙的音符飘散大厅，甚至隐隐约约还能闻到空气中尼泊尔香料专属的气味。

我看到一小束光照在梧桐小姐恬静的脸上，想起去年这个时候和她在博卡拉面对鱼尾峰喝马萨拉茶时，惊讶地发现一直嚷嚷着要去尼泊尔一边看珠峰一边喝茶的两个人此刻正做着这些事，不禁感叹，猝不及防地，彼此都成为了梦想中的那种人，想做的事情都做过，想去的地方都到达过。

高考前，同学间流行相互写毕业纪念册，班主任发现大家上课都在兴致勃勃地写这个后就严令禁止。大家开始偷偷在下晚自习后写；在宿舍举着手电筒写，奋笔疾书好像在书写自己光明而美好的未来。纪念册中有一栏是“希望自己以后会是什么样”，我记得当时给所有同学写的都是希望大学期间能出去交换，毕业后在外企上班，成为满世界出差的职业女性，成为一个有质感的人。但那时，我甚至不清楚有质感真正意味着什么。

大三，北京的冬天飘着白雪，我在半夜抵达温暖的台北。到达学校整理完行李后凌晨四点才睡，八点又起床去注册报到，恍惚的神经在看到陌生而熟悉的繁体字，听到软软的台湾腔时彻底清醒。

当晚，我迫不及待地跟梧桐分享在台湾第一天的新鲜经历：面对巨大的行李箱手足无措时，陌生的台湾人急忙跑过来主动帮我；接机的老师给我们带来了香甜爽口的热带水果，而我之前从没听说过；去学校途中经过淡水，一片灯海，泛着浅浅柔光，惊艳了我的心；喜欢听台湾人说话，不管他年纪多大，只要他开口说，总感觉他仍然是十八岁的青春少年，软软而上扬的声调，就像台湾的风，软绵绵的，不腻人……

絮絮叨叨了半小时，挂电话时梧桐突然说，我知道你会这样，我从来没怀疑过你不会出去交换。那一刻，我意识到自己在走向梦想中的自己。

大四的时候，我开始在专业课上老师不断提到的公司实习，每天早上都要穿越整个北京城，在西边与东边间来回奔波，整整一年。有时加班到深夜害怕遇见坏人，就从地铁口一路跑回学校，提醒自己第二天带防狼喷雾；看不懂英文资料时，就利用坐地铁和吃饭的时间狂背英语，还因此经常坐过站；担心下班后学校澡堂已关，会叫室友帮忙多提几壶热水直接在浴室冲凉。

我没能成为满世界出差的职业女性，但我成为了会自己去旅行的职业女性。我常常对着地图发呆，看着地图才会觉得世界都展现在眼前，而我也融入世界中。那一个个千奇百怪的地名竟然有那么多让我疯狂迷恋的历史、美景和人，而我不敢相信自己那么幸运，居然曾跨越万水千山，踏上过那一些土地，这种感觉美妙得不得了。

我记得在小琉球环岛旅行遭遇台风，民宿老板连夜帮忙订船票回高雄，因没提前告诉我们台风警报而分文不收；在高雄住民宿，老板没露面也不催房费，打电话给她，却让我们把钱直接放在门口信箱里，一点都不担心我们会“携款而逃”；在越南夜间巴士上醒来发现旁边的越南人不怀好意地盯着自己，吓得连忙叫醒周围的背包客才安心，但第二天看到一半沙漠一半海水的美奈时，一切又都忘记了；还有坐了一天一夜的大巴被柬埔寨边境工作人员敲诈后又凌晨四点起床，只为了等候世界上最美的景色——吴哥窟日出。一叠A4纸都写不完的故事，是世界给我的礼物，也是我自己给自己的礼物。

我依然不知道有质感的人是什么样子的，这又有什么关系呢？

在自己的小王国里，我看着自己一步一步慢慢变成了玫瑰。暗自散香。骄傲而自足。

爱和希望不散场

亦舒写了一辈子有关女人的故事，从未见她写厌过。她笔下的那些女子，往往有着传奇的经历，或是街头的时尚女郎一朝嫁入豪门，或是红极一时的女明星一夜之间一无所有，或是穷困潦倒的少女摇身一变成为某富豪的财产继承者。

只是，无论她们的经历多让人产生晕眩之感，亦舒都在她们身上赋予了和平凡女子同样的使命：追寻爱情。

是的，无论你是聚光灯下吸人眼球的女子，还是在阑珊角落里默默无闻的女子，倾其一生不过都是为了觅得一个宽阔坚实的臂膀，以让自己生来即流浪的心有个归宿。

因而，一个“情”字，让那些疯魔的传奇女子的存在也就显得合情合理了。

冈苍天心在《茶之书》中写道：“本质上，茶道是一种对‘残缺’的崇拜，是在我们都明白不可能完美的生命中，为了成就某种可能的完美，所进行的温柔试探。”

爱情又何尝不是一种试探，试探自己是否会不求结果坚守内心，是否会不求回报只愿给予。

当试探渐渐深入，你会发现自己或是已然深深爱上，或是发现爱仍在前方，而不管哪一类，你都与自己约好，要永生追求，不管路程多遥远，多崎岖，多艰险。

在《我的前半生》中，我读到了亦舒对爱情最为挚诚的告白：

唐晶摇摇头，“子君，我到这种年龄还在挑丈夫，就不打算迁就了，这好比买钻石手表——你几时听见女人选钻石表时态度将就？”

我睁大了眼睛，“丈夫好比钻石表？”

唐笑说，“对我来说，丈夫简直就是钻石表——我现在什么都有，衣食住行自给自足，且不愁没有人陪，天天换个男伴都行，要嫁的话，自然嫁个理想的男人，断断不可滥竽充数，最要紧带得出。”

心存爱意与希望，一切愿望仿佛都可踮起脚尖触碰到。即便对方仍远在天涯海角，至今杳无音讯，但因坚信终有一天会相逢，心便始终有处可栖，不至于在海浪里颠簸摇晃。

在旁人眼中，唐晶拥有一切。而在她自己看来，假若没有一个理想的终生伴侣，纵然拥有万贯财富，也仍觉得自己一无所有。因而，她不愿将就，不愿为了填充身旁的空缺，而随便挑选一个男伴，就迈着歪歪斜斜的步子，踉跄地走向荆棘密布的人生。

于是，她决定要像选钻石表那样，选择可与自己灵魂相契合的男子。或许，她一时无法遇见他，但她愿意跟着自己的心走，随缘、尽力、达命，直到爱情成为雪中送炭的厚棉被，也成为锦上添花的钻石表。

杜拉斯始终记得年少时，初次体味到的爱情滋味，因而她怀揣着这份悸动的感受，写下那本惊动文坛的《情人》，写下那句让我动容的话："爱之于我，不是肌肤之亲，不是一蔬一饭，它是一种不死的欲望，是疲惫生活的英雄梦想。"

每个人都曾失恋，都曾为爱而落得满身伤痕，但是这皆不能成为不再相信爱情的缘由。

爱情是生生不息的梦想，唯有追求与相信，千万里路程也不过是一抬腿的距离。

亦舒笔下那些用生命来追寻爱情的女子，又何曾因路远而放弃踏上寻爱旅程？

在她所写的一部小说中，一次阴差阳错的相逢，让一个极为贫困的少女遇见了一个女富豪，并做了她的贴身服侍。这位富豪并没有直系亲属，便决定修改遗嘱，让这位少女继承她的部分财产。

一夜之间，这个潦倒的少女一攀而上，成为枝头上的金凤凰。当人们纷纷猜测她将如何处理这笔巨额财产时，她却并未表现出多大的热情，唯一让她心感欢喜的是，她可以用这笔财产做路费，去寻找那个始终未曾忘怀的男子。

在漫漫余生之中，她不关心珠宝，也不关心柴米油盐，而只是专注于寻找记忆中的男子，甚至有些神经质般地不放过任何一个角落，一丝线索。

最终，她得到了他早已在穷困潦倒中死去的消息，却仍固执地认为这消息有误。她没有因这个消息而停下寻找的脚步，而是将其抛之脑后，一如既往地向世界的深处挖掘。

很多人都觉得亦舒笔下这部小说极为荒诞，这个女子甚为荒唐。可是，如若不去追寻，岂不是在辜负尚好的时光。

如若在苍茫红尘中觅得那个人，是她的运气，也是她的福气。如若在生命之光熄灭时，她仍是追寻未果，至少那段为他翻山越岭的岁月，已让她成为最美的自己。

每逢长假时，我那些单身的朋友们，总是以没抢到票为由，宁愿自己躲在自己租住的狭小房间里，也不愿回到家中在享受宽敞房间、品尝美味佳肴的同时，忍受焦急父母的唠叨。

当我们觉得岁月尚且温柔时，父母已经恨不得要拜托街坊四邻、单位同事给自己介绍对象了，甚至还带着些许饥不择食、寒不择衣的意味。当我们振振有词地反驳，诉说自己有能力打理好自己的生活，要等更合适的人出现时，父母脸上的忧色非但并未褪去，反而愈来愈浓。

此时，我们唯有足够的耐性，才能在父母亲朋的念叨中，突出重围，以那颗备受摧残却依旧坚定的心，去笃信爱情。

岁月越是老去，我们等的时间越长，就越不能出卖自己。

愿爱着的人，继续爱。

愿失去爱的人，还相信爱。

愿未寻得爱的人，仍寻觅爱。

如此人生才不至于如戏剧散场时那般人影散乱，灯火阑珊。

不介意孤独，比爱你舒服

一年之前，尹枕书和任泽成还是热恋中的情侣。

尹枕书最喜欢每天夜晚来临之后的生活。尹枕书工作忙碌了一天，拖着满身的疲惫回到租来的屋子里，就像是回到了家。洗一个热水澡，换上柔软的棉布T恤。然后，走进厨房和男友一起做简单的晚餐，一个人择菜，另一个人炒。吃饭时，他们会打开那台很小很旧的电视机，漫不经心地说起一天中发生的事情。

那时，他们生活中有很多困难，经济也并不富裕。但是，那是尹枕书最快乐的一段时光。她从来不化妆不看时尚杂志，可是他并不觉得女友粗糙。她终日把女权主义挂在嘴边，可是他仍然觉得女友是一只性感的小猫。

他们把相爱当成日常中最普通的习惯。

人们最常犯的错误便是，把“我以为”当作“我们以为”。

尹枕书以为以上的所有幸福感受，都是她和男友共同感受到的。

但是，现实偏爱与这些傻里傻气，一头扎进恋爱的姑娘开玩笑，给她们平淡幸福的生活注入一点儿黑色的冷幽默。

尹枕书把任泽成当成生命中的唯一，也自然而然地将自己当成是对方的唯一。而在一个偶然的情境下，她得知任泽成并不止她一个女朋友。

也就是说，任泽成同时交往着两个女朋友，而尹枕书只是其中之一。

任泽成徜徉在两片全然不同的海域中，自由自在地游弋着。本以为自己做得滴水不漏，却没有预料到有一天会被揭穿。或者说，他是给自己留着退路的，被发现后大不了就一刀两断，反正也是当作游戏来玩儿的。

他每个月都有一次大概一周左右的出差。每次出发时，尹枕书都会把他送到火车站，看着他进站后再独自一个人原路返回，掰着指头算他的归期。

但那一次，她看着他进站后，还是舍不得离开，就默默地站在原地看他的背影。然而，他并不知道她还在注视着自己，便在里面转了一圈后从另一个出口走出来。

尹枕书觉得奇怪，目光便一直追随着他。等他走出来后，她本想跑过去问他出了什么事情，却见他没有丝毫犹豫便走到行李寄存处。

任泽成先是从钱包里拿出一张寄存票，领了一个颜色和款式都和手中那个不同的行李箱，而后他填了一张单子把手中的行李箱寄存。

之后，他看了看手表，然后拿出手机发了一条短信。他把手机装进口袋时，尹枕书的手机震动了一下。她看到他发来的短信这样写道："亲爱的，我上车了。不要担心，照顾好自己，我很快会回来。想你。"她笑得很苍凉，按下回复键，写道："好的。永远等你。"

然后，他重新走回火车站出站口。不过十五分钟的时间，一个与尹枕书有着不同打扮的女子穿过人群朝他奔跑过去，深情地撞进他的怀里。他一手温柔地抚摸着那个女子的头发，一手将她紧紧地圈在臂弯里。

在涌动的人潮中，他们是一对分离太久，思念太浓的情侣。

尹枕书错愕地看着昨日还拿着啤酒坐在阳台上和她依依惜别的男友，今日就把另一个女人拥在怀里。

她的眼泪不争气地流下来，恨不得冲上前去给任泽成一个耳光。但是，她终究没有那么做。或许，当她给他一个耳光后，他身边的女人还会当众骂她是第三者。如果任泽成一言不发，她也只有狼狈逃窜的份。

因而，她流着泪站在原地。任凭人潮在她身边涌过来又涌过去，任凭自己的男友拥抱亲吻别的女人。

任泽成拉着尹枕书没有见过的行李箱，以及尹枕书不知道的女友拦下一辆出租车。

尹枕书则擦干眼泪，上了另一辆出租车。司机问她去哪里，她眼睛紧紧盯着前面那辆车，说道："跟住前面那辆车就行。"

司机转过头看看她，她眼窝里又渗出眼泪来。司机大概四十岁的年纪，什么场面不曾见过，看到尹枕书这样伤心欲绝、眼泪不止的样子，自然知道前面那辆车里定然坐着她的男朋友以及她的情敌。

所以，司机很淡定地发动引擎，记住前面那辆车的车牌号，并跟着它。但是，他没有跟得太近，以免被发现，同时又会离得太远，以免跟丢。这样刚刚好的距离，让尹枕书对司机投来感激的一眼。

由于堵车，半个小时的车程竟然走了整整一个小时。前面那辆出租车在某一小区门口停下，两人从后备箱里拿出行李，挽着手走进小区里面。

尹枕书的司机故意兜了一个小圈子，等他们走得足够远时才停下车。尹枕书付完款并向司机道谢后，便尾随任泽成他们。她看见他们在小区的十三号楼停下，刷了门禁卡后就走进去。

尹枕书没有跟着他们进去。她远远地站着，拿出手机拨通任泽成的电话。电话响了三声之后便接通，她尽量恢复平静，问他到哪里了。他的语气跟平时没什么两样，自然而带着一点儿慵懒，仿佛是刚刚在火车上睡醒的样子。他很温柔地向她汇报，火车到哪里了，窗外看到一大片盛开的梨花。她撒娇让他给她拍下来，他便很巧妙地说："现在想跟你说话，梨花我就替你看了，反正我的眼睛就是你的眼睛，我看到就等于你看到。”

这样的话，在以前是很让她受用的。但当初的蜜糖被拆穿后，就变成了今日的砒霜。

她握着电话突然问道：“你爱我吗？”

“又问这种傻气的问题，不爱你怎么会跟你在一起。”他永远是这么回答。

她听得寒心，忽然想到他并没有清楚明白地对她说过“我爱你”。就连表白时，他说的都是“我喜欢你，我们在一起吧”。

尹枕书并不是一个较真的人，也不喜欢那些整天将“我爱你”挂在嘴边的人。但是，就算是敷衍和安慰，他也吝啬把爱说出口。

她握着手机，忽然听到他说“喂，喂，路上信号不好，我到了以后再跟你聊。”片刻之后，她的手机里传来嘟嘟的声音。以前，她以为信号真的不好。现在，只觉得可笑和悲凉。

尹枕书落寞地走出小区，沿着街道走到最近的地铁站。从北四环到南四环，她需要坐一个多小时的地铁。但这一个小时，足以让人穿越两个世界。

回到家，床上散乱地堆着任泽成换下来的衣服，床底下有他上班穿的皮鞋和运动穿的球鞋，卫生间里放着他的洗漱用品，晾衣架上还有他未干的内裤。

这个家，是他存在过的证据。

她知道，他还会回来，就像以前无数次出差回来一样。

他会绘声绘色地给她讲出差见到的稀奇古怪的事情，还会给她买一件小礼物。然后，生活像以前那样运转，他们假装深爱彼此。

她照常上班，处理上司交代的任务，和同事们说笑。人们并没有发现她跟平时有什么不同。晚上回到家，她煮一点儿够自己吃的饭，给他打一通电话。还未说够十分钟，他就说那边有电话打进来，客户急着要方案。她只能沉默地听着手机里传来的嘟嘟声。

睡不着的时候，她会天真地想，他到底爱谁多一点儿。但想着想着就流出眼泪，他应该是谁都不爱的，他爱的人应该是他自己。就算是每天担惊受怕，也要享受两个女子给予的爱。

一周之后，尹枕书按照他说的时间到达火车站。她并没有早到，去行李寄存处等着他。她自七岁时母亲去世，便一直害怕孤独。所以，说到底，她还不想拆穿他。

等她抵达火车站后，任泽成早已拿着出差时带着的行李箱在出站口等她。她想，那个女孩儿应该刚刚坐上地铁不久吧。

尹枕书假装很愉快地跑进他的怀里，被他紧紧抱住。她深深呼吸，并没有闻到什么异常的味道。旋即她就笑了，他每次回来身上都是这样淡得似乎并不存在的味道。她还以为这就是他本身就有的味道，原来这是属于别人的体香。

任泽成护着她走出人群，坐上出租车回家。她频频看倒车镜，心想或许后面那一辆车里面就坐着那个女孩儿。而任泽成丝毫不觉，只是一味兴奋地从轻便的背包里拿出一只玉镯，戴到她手腕上。她想那只玉镯应该是从王府井或是西单大厦里淘来的吧，玉这种东西放在地摊上不过百元，放在高档商场里却可过万元。

她假装像以往那样对他的礼物爱不释手，却觉得伪装真的是一件太累人的事情。任泽成是怎么做到以伪装为日常的呢？她无论如何也想不明白。

她偷偷联系他的同事，假装联络感情那样，说他们每天都很忙，时时要出差。那个同事谦逊地表示，不过是混日子，谁都想打着出差的名义出去玩儿几天，但都没有这样的机会。

她了然于心，知道他的同事说得句句属实。

在他不“出差”的日子，他还是和她一起做饭，一起聊天南海北的事情，仿佛两人可以生活到老的样子。但是，她清楚，他会在厕所一待就是半小时，会时时以吸烟为借口，在小区的藤椅上拿着电话坐很久。回来之后，他总会解释说，客户太难缠。

他总是一味解释，她总是装出相信的样子。

以前他也是这样，但那时她是真的相信，而如今她只觉得他做得太明显。

她偷偷翻看过他的手机。他处理得很干净，让她找不到一点儿蛛丝马迹。

她觉得比刚刚失去母亲时，要孤独一百倍。她付出那么多，最终只得到了一具躯壳和一颗满是伪装的心。

她并不知道什么时候结束。虽然，她有主动要求解散关系的权利，但是她并不想行使。她还爱这个人，所以还留有一丝期待。她想等事情顺其自然地结束。

又是“出差”的日子。

任泽成在火车站和尹枕书告别。尹枕书依旧像上次那样，看他调换行李箱，抱紧另一个来接他的女孩儿，并跟踪他们来到北四环的家。

一样的路线，一样的场景。最后，她看他们双双走进小区后，就慢慢走进地铁站坐一个多小时回自己的家。

然而，她刚回到家不久，就听到门铃响起来。她看看猫眼，看到外面站着的女孩儿竟是任泽成另一个女朋友。

她踌躇一会儿后，终于打开门，摆给对方一个笑脸，问她是谁，要找谁，有什么事情。

那个女孩儿说得很坦白，她告诉尹枕书，任泽成正在她家睡觉，她偷着来到这里。

尹枕书没有那么强的应付能力，只是木讷地站在门口。倒是那个女孩儿，主动要求进屋谈谈。尹枕书便站在一旁，让她侧身进去。她不客气地坐进沙发里，直截了当地告诉尹枕书，她早就知道尹枕书的存在，也知道尹枕书曾经两次跟踪他们。她这次来是想让尹枕书放弃他，因为他们是自幼长大的青梅竹马，而尹枕书不过是他碰巧遇见的玩物而已。

尹枕书知道事情就这样以顺其自然的方式结束了。但是，她忽然感到不甘心，因而出口问道，她放弃任泽成的条件是什么。

是的，她付出那么多，总得要得到些什么。所以，她把羞耻心抛到脑后，认真而犀利地问道，条件是什么。

那个女孩儿显然历经世事，有备而来，她似笑非笑地回答：“条件是你得到自由重新开始。”

果真是道高一尺魔高一丈。尹枕书终究以默认作为回答。

任泽成“出差”后再也没有回来过。

尹枕书把与他有关的东西全部打包寄给了那个女孩儿。

她又重新回到孤独的洞口，自己舔舐伤口。但是，她从不觉得这是多么糟糕的结局，甚至有些庆幸自己渐渐不再爱他。

或许，有一天，她会重新爱上一个视她为唯一的人。

请把我留在最好的时光里

见过一个聚会上喝多了给前女友打电话的男生。他说，我好想你。说完眼泪鼻涕一起流下来。而酒醒后，他依然搂着现任女友在朋友圈高调秀恩爱。

也许，想念只是狂欢的后遗症。回不去的年少，他的女孩，宿醉总需要一个理由。

男生和前女友从小就是邻居。

他比她大六岁。他上初中时，她刚上小学。他每天都带着她，就像带着自己的小妹妹，一起上学放学。

懵懵懂懂间，知道了什么是青梅竹马两小无猜，他便认定，小小的她就是他这一生的选择。

从那以后，他默默守着她，等她长大。

她十八岁生日那天，他捧着九十九朵玫瑰向她表白，这些年，我一直在等你长大。不管你接不接受，我都会一直在你身边陪着你。

她不知所措，惊慌逃离。

靠在床头，她呆呆想着他的话。竟忽然发觉，自己的生命早已被他的身影整个填满，不留一丝空隙。

命运的转折，往往只在一瞬。

那一年，她大学毕业，他得到一个出国深造的机会。而他却犹豫，因为她，也因为病弱的母亲。

她对他轻轻说，放心去吧，我会替你照顾好妈妈的。以前你等我长大，以后我等你回来。

那天，他们彼此许下誓约。

他飞去了大洋彼岸，她拒绝了一家大公司的聘请，回到家乡。

三年的留学生涯孤独而艰辛。无数个夜，他一遍遍温习那句，我等你回来。而她在工作之余，始终如照顾自己的父母那样，照顾着他的双亲。

三年后，他学成归来。人头攒动的机场，期盼已久的重逢竟变成生硬的握手。

他眼中的她，依旧真诚善良，却不再天真可爱，很多话说不到一起。他开始害怕和她在一起。她眼中的他，竟有些高不可攀。他很多想法，她无法理解，他周围多了很多她不认识的朋友，他不再像从前那样，再把她当作世界的中心。她清楚，有些感觉，已被时光涤荡得褪了色，再找不回，她亦开始害怕与他在一起时的格格不入。

三年的时光，陌生了彼此，记忆中仅有的那点温存，是三年前日渐模糊的光影。

两家人却开始忙着为他们筹备婚礼，各种祝福纷至沓来。他的朋友恭喜他能娶到为他牺牲、痴等三年的人，她的朋友羡慕她能嫁给如此优秀的成功男人。两个人心里的苦，没有人知道。

一份没有爱情的婚姻，曾是他所不齿的。而一想到她为自己做的牺牲，他一遍遍告诫自己，不能对不起她，他必须履行自己的责任，他必须为此交付自己的一生。他机械地接受着祝福，任由父母欢天喜地忙活，他们早已将她视为自家人。婚期渐近，他心乱如麻。

她一遍遍翻看他们的婚纱照，不知不觉中，一滴泪落在那张看了许多年的脸上。她仍爱他，哪怕明知他的爱已不在。她深深怀念记忆中他的笑脸，怀念心与心的默契。虽然他现在仍然对她微笑，却疏离得让人想流泪。她清楚，一旦结婚，他会是个好丈夫，他责任心太强。而这份少了爱的责任感，是自己想要的吗？是为自己三年的等待讨一个答案，还是想一辈子将他紧紧捆在身边，让他变成郁郁寡欢的男人？自己怎么能如此自私，这样的自己，还是从前那个处处为他着想的女孩吗？

大婚前一天，他推开她房门。屋里出奇地静，桌上整齐摆放着她的嫁衣，旁边那张纸条上只有两句话：婚姻不该是不幸的开始。我们都没错，错的是时间。

我们都有过青春年少。那个少年，他送给你亲手摘的不知名的野花，他让怕雨的你为他在雨中奔跑，他被风鼓起的白衬衫是坐在单车后座上的你眼中最美的风景。一起看天，看云，看季节不停变换，小小的手牵小小的人，守着小小的永恒。风乍起，吹皱如水般波澜的流年，而他的笑容摇摇曳曳，成为你生命中最亮的星。

甜甜的梦这么长，连翻身都用了一个四季。我们将生命交汇，我们一起长大，背叛信仰，然后相互祝福，各自幸福。经年以后，才发现心上鲜红的伤，等待风干，皲裂。就这么走失了，我们的爱情。我们一边奔跑，一边回头，那时倔强得义无反顾，那些片段，永生难忘。

你是年少岁月里最烈的酒，我真的认真醉过。

曲终。人散。萧瑟。离索。在最好的时光能遇到你，竟花光所有运气，仍是感念。不问结果，不求同行，仅仅让我遇到你，已经够我回忆一生。

G

为热爱而活

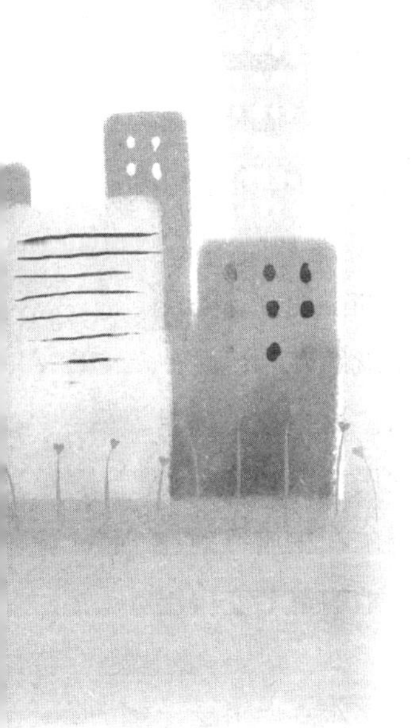

唯有一人爱你虔诚的灵魂

娄素素是一家并不出名的出版社的编辑，终日埋在别人写出的稿件中，为他人修改标点符号，理顺语句不通的句子。碰到脾气大的作者，难免会因改动太多而被骂。但是如果不修改，将稿子交到主编那里，又会因未认真工作而被骂。

不管怎样，她总是会被骂得一无是处。一肚子的委屈不知如何发泄。

在为他人作嫁衣裳时，她时常会在心里嘀咕，文章没有主题，错字一大堆，标点符号不规范，就这水平真跟自己没办法比。

确实如此。娄素素之所以挤破脑袋踏入出版社，就是因为自己肚子里也有点墨水，倒出来后也能写成一篇又一篇文章。虽说她自己写出的文章至今未能印成铅字，装订成书，但至少能感动那些读到这些文章的人。

下班后，娄素素从那些不知所云的稿件中抽身而出，回到自己租住的小窝，做一点儿简单的饭。吃完后就趴在自己用一本本书搭建而成的简易书桌上，写自己的文章。这些文章通常都是日常生活中的人事，街边的流浪猫，地铁里拉二胡的乞讨者，办公室里成天嚼舌根的中年妇女，以及偶尔在去旅行时在火车上遇到的背着画架的画家。这些人都会在她的笔下变得富有生命力。

她每天写一篇文章，字数并不长，大概维持在两三千字，写完后就放在自己的豆瓣上。一开始的时候，几乎没有人在她的豆瓣上留下看过的脚印。她虽然觉得沮丧，但并不灰心，毕竟这是自己喜欢做的事情，完全可把写文章这件事当成自娱自乐，而不是带着极强的功利性和目的性去做。

娄素素就是这样一个人，从不会将自己逼到墙角，以求绝处逢生。她给自己足够大的天地和舞台，快乐地做着热爱的事情。

娄素素豆瓣上的文章，出现的第一条评论，是在她接连发表后的第六十八天。日子长是长了些，但至少有人呼应，总比那些静默的死水好得多。

然而，当她点开那条评论后，她瞬间愣住。那很长很长的一串评论文字，不是赞美，不是鼓励，不是平淡的读后感，而是淋漓尽致的骂声。那个人说她的文章缺乏内涵，立意太普通，没有自己的文字风格，纯属矫揉造作。这比在出版社里碰到的任何一位作者，以及那位上了年纪的主编骂得都要狠。

她忍着内心的怒气，仔细看了看那个人的头像，是正在杀怪兽的奥特曼。她又看了看那个人的昵称，叫“轻舟过万山”。她点开回复框，足足写了十几行回骂，从说他的头像幼稚，到他的昵称做作，再到他对自己文章的恶意诽谤。回复框里的每一个字都带着尖锐的锋芒，像是要把心中的恶气全部吐露出来才甘心。

但是，到最后她又按下“取消键”，将那些文字一行行删除。

娄素素想，何必较真。一条狗咬了你一口，总不能硬着头皮咬回去。有时候，置之不理是对那些恶人最好的惩罚。

第二天，她发现文章后面又有“轻舟过万山”的骂声。娄素素虽然气得浑身发抖，仍然拒绝回复任何一个字。

第三天，骂声依旧。娄素素视而不见，写新的文章。

第四天，比任何一天都热闹。在“轻舟过万山”不间断的骂声后面，跟随着好多人的评论。这些评论有附和骂声的，也有反驳的，更有一些纯粹是来看热闹的。她的豆瓣俨然变成了一个马戏团，有小丑，也有挥鞭戏小丑的人，还有一些路人赔上自己的时间来看笑话。

娄素素想一一回复，却怕越描越黑，只得气鼓鼓作罢。

有些事情，只能任其自然发展。越是把它看得重，它就真的重如泰山。如果把它放在视线之外的角落里，它也就真的轻如鸿毛。娄素素本想就这样对那些附在她文章后面的评论不闻不管，安安静静地继续写她生活中不值一提的小事。但当谩骂与维护这场闹剧愈演愈烈时，她终于忍不住要站出来大吼一声。

她的确这样做了。在一个她看着那些评论写不出一个字，心中灌满怒气的晚上，她终于在“轻舟过万山”所写的评论下面将自己已经憋很久的话一字不漏地写出来，并毫不犹豫地点击“确认键”。

其后果，在她的预料之中。“轻舟过万山”立即回复以更加猛烈的批评与指责，而且这些质疑声已不仅仅针对文章，而是针对娄素素本人。他说娄素素这个人肯定长得很丑，个子不高，头发稀少，皮肤黝黑，生活懒散，坏习惯居多，好习惯没有。娄素素按捺不住心中的怒火，不顾自己形象，直接给予更加辛辣的回复。

那一天，他们的笔仗一直打到凌晨，旁观者甚多，都看得津津有味。早已经忘了是谁先喊停，但娄素素记得笔仗结束后，堆积在她心中的对生活的不满情绪一扫而光。她没有倒头就睡，而是继续写还未写完的文章。

那一篇文章，她写得格外流畅，没有刻意措辞，没有搜肠刮肚找故事，也没有去揣摩他人的喜怒哀乐，去写他人的故事。她写的是自己，是自己二十多年来的成长历程，是一直储存在自己心中，却羞于说出口的梦想，是自己对周遭世界的感悟。

写完之后，娄素素像是发现另一个世界一样，觉得周围的一切都有新鲜的律动感。

在以后的每一天，娄素素都会下意识地去看“轻舟过万山”的评论，虽然她知道他的评论无非就是不分青红皂白的指指点点。但是，她渐渐发现，这些指指点点恰好是她文章存在的漏洞。她把他的指责全盘接受，并加以消化吸收，写出来的文章竟比以前的更有体系，有条理，也更有感情，而不是一味用华丽的辞藻来营造矫情的氛围。

她开始感激这个说话恶毒的人，但嘴上却从不服软，依旧在自己的豆瓣上和他打着口水仗。他偏偏也是个处处不吃一点儿亏的人，只要有人在嘴上占了他的便宜，他便要让对方十倍奉还。因而，这两个人每天都会在豆瓣上相见，且你来我往打很长时间的笔仗，以此来较量各自笔下的锋利，并借以打发时间，娱乐自己。

时间就这样在口水仗中水深火热地过着，谁也不让步，谁也不服输。他说她每天写的都是废话，她说他每天无所事事。

当娄素素已经习惯与他打笔仗时，他却在某一天中断了这个游戏。当他第一天没有出现时，娄素素安慰自己，他不过在处理紧急的事情。当他第二天也没有出现时，她预料到或许第三天他也不会出现。第三天，他确实没有出现。接下来很长的一段时间，他都没有出现。

她依旧写文章，有关自己，有关路人。评论越来越多，且都是鼓励与赞扬。她却觉得前所未有的寂寞。她觉得没有了“轻舟过万山”的质疑与指责，她每天写出的文章都是一个论调。她找不到突破口，也找不到爆发点，她只能这样无关痛痒地写下去，像是例行公事一样。

更令她生气的是，她发现自己竟然在想念他。这份想念，不仅与他自以为是的谩骂有关，更与他本人有关。

是的。在这段他无故失踪了的时间里，娄素素不得不承认，她喜欢上了这个伶牙俐齿的人。他们是彼此的回收站，潜意识中那些不愿意暴露给这个世界的黑暗面，全都毫无保留地砸给了对方。

这是他们各自的幸运，也是各自的不幸。但对于娄素素来说，她是那样欢喜，世间竟然真的存在这样一个可以接纳自己黑暗面的人。

所以，她要在豆瓣上接着写文章。既然可以在豆瓣上初遇，那么就可以在豆瓣上重逢。

娄素素从来都不知道，他其实是身边最熟悉的人。

当然，他也舍不得离开太久。

觉得时机成熟时，他就又出现在娄素素的豆瓣评论里。只不过，这一次，他没有挑刺，而是在文章下面问道，为什么他不在的这一段时期，她的文章反而带着忧郁的调子。

她回答得驴唇不对马嘴："我们见面吧。"在看到他答应之后，她在电脑面前笑得掉出眼泪。

见面那天，娄素素并没有刻意打扮。既然已经在他面前暴露过最邋遢、最八婆的样子，又何必用脂粉来掩盖脸上真实的表情。况且，走在街上，她获得回头率并不比任何人少。

当她怀着刻意放松的神色来到约定的地点时，却看到她指定的位子上坐着自幼便熟识的男生。她不可思议地喊出他的名字："钟沉香！"

"是我。"他一副认真而得意的样子。

"'轻舟过万山'真的是你？"娄素素已经确信就是眼前这个人，但还是问出来。

"是我。"钟沉香脸上又多一份深情。

娄素素把背包仍在座位里，不顾众人侧目，结结实实给了钟沉香一拳，就像她从小到大做得那样，自然且熟练。

一顿饭的时间，他们依旧针尖对麦芒，各自数落对方的缺点和短处。但是，她明白他在豆瓣那样做，是为她带来更多的读者，也为了让她注意到自己的存在与重要性。在两人相处的二十多年中，他一直被她忽略。而他想让她知道，他既要做她忠诚的读者，还要做她不离不弃的伴侣。更重要的是，他除了爱她那如花容貌，更爱她那颗追求梦想的虔诚的灵魂。

因而，他心甘情愿地让身旁那些优秀的女子成为他人生中的过客，只一心一意追逐娄素素的脚步，将自己的生命嫁接到她的生命中。

最终，他们都如愿以偿。

娄素素拿着一摞自己的文章，打动了出版社的主编，而钟沉香和她一起逛街遇到朋友时，总会这样自豪地介绍她："这是我的女朋友。"

笃定的路途，不迷茫

在小众经济盛行的今天，王小帅的电影《闯入者》再次受到文艺粉的追捧。

不知道还有没有人记得，他十四年前拍的一部文艺片，演员比现在的更大牌，影片也比现在的影响力更广，几乎没有争议地成为一代人的青春纪念。

一个十七岁的农村少年，在北京找到一份送快递的工作。公司许诺他，赚到六百块钱的时候，那辆银色变速山地自行车就可以从"暂借"变为自己真正拥有。他因此每日都非常勤快，可就在梦想即将成真的时候，那部暂借的自行车丢了。

现在的孩子连自行车都不骑了，可能很难体会到这种心情。那是一个把山地车当今天的宝马看待的年代。

有这样一群人，把一天能换好几套衣服的漂亮女孩当作城里人的象征，一天三餐能吃上排骨面、喝上红糖水就能满足。那时候北京其实已经有了奢华的样子，而他只能凭借快递工作的特殊性进出那些高级的宾馆、住宅区。

他有点儿惶恐不安，面对这城市初初显露出来的五光十色。不过他不怕，因为他有自己的梦想，那就是拥有一辆真正属于自己的自行车。

仓皇的青春，是车丢了坐在马路边眼里要溢出泪来的无助，是在绚丽的北京夜色中奔跑后急促跳动的心。有的人拥有了很多，还在继续拥有着更多；而有的人已经没什么可失去的了，可是还在一直失去。

北京常年灰蒙蒙的天气，正好应了主人公对生活所持有的灰色的心。

北京的街头自行车非常多，特别是非主干道的路上、天桥底下，镜头从马路上的混乱车轮往上拍过去，看不见人脸，也看不见那个在自行车上做了记号，淌着泪下决心要把车找回来的男孩子的脸。

他说：车是我的。他不知道什么哥们义气，不会讲道理，也只认一个理。他从哪里来，为什么要这么辛苦地赚钱。我们一无所知。

当他莫名其妙地被暴打一顿以后，踉踉跄跄地扛起扭曲了的自行车，走过喧嚣的马路，走过众目睽睽的人行道，我想他的心里，除了无助、茫然，更多的是苦楚。他已经有点儿明白这个社会的潜规则，明白有些艰辛其实是没有理由的。

对于苦难的人，仿佛所有的悲剧，都该是你受的，你连反抗的权利都没有。这个现实，多么令人绝望。

你十七岁的时候在干什么？

他也十七岁，没有规整的校服、皮鞋，不能在宽敞的校园里踢球，不能和大多数同龄人一样，上课时睡觉，下了课去游戏厅。他不能骑着自行车意气风发地在路上吹着风，在拐角遇到喜欢的女生。他卑微得连正面看女生一眼的勇气都没有。

他没有钱，也没有你们嘴里可以挥霍的“青春”。只有眼泪是他自己的。只有一次一次站起来的力气是他自己的。

红灯过后，直行的路口又恢复了车水马龙。而这座城市的脸，依旧面目模糊。

这样一个看上去很难引起共鸣的人，其实我们每天都能遇到，其实他就在我们身边。其实他就是我们自己。遇到挫折的时候，那个在灰蒙蒙的天空下不知道往哪儿去的迷茫的身影，是我们自己；无路可走的时候，除了眼泪流下来让自己感觉还存在着的那颗心，是我们自己。

他在我们心里，提醒着我们每一个人，只要你还能站起来，走下去——你拥有的，其实已经足够多了。

我的一个好朋友慧嘉，曾经深陷在一场网恋里。

男朋友对她很好，好到什么程度呢？她考试的时候，每天熬夜复习，男生无论多晚都陪着她，手机永远握在手里，不小心睡着了一振动马上醒来哄她。

男生曾经一次接了好几份家教，不舍得坐公交车，每天下了课骑自行车来回两个小时，午饭就吃一根火腿肠——都是为了挣钱去看她，带她吃好吃的，去一切她想去的地方，或者让她在想去他的城市时，可以不再因为要省钱而缩着腿坐三十几个小时的硬座。

在他俩见第二次的时候，慧嘉有些惊慌地发现，自己十分抗拒和那个男生的亲密接触。无论是接吻、拥抱，到后来俩人独处的时候，她都非常地不自然。在网上或者电话聊天的时候，她却可以非常自如或者说非常依赖他。

男生总是喜欢问，你爱我吗？慧嘉总是会不知所措，好几次违心地说，爱。可是更多的时候，她总是咬着牙一声不吭，或者打哈哈转移话题。

后来有一次，她拗不过男生的请求，飞到他的城市去看他，当然，机票还是那个男生买的。她清楚地记得，厦航的飞机上播着当时很火的一部影片——《海角七号》，没有声音，只有英文字母。坐在身边的是一个十足的小女生，背着一个大大的红色书包，戴着绒线帽子，拿着一本服饰杂志在看。

当乘务员开始挨个问乘客需要什么饮料的时候，那个小女生先要杯热茶水，喝完后又问乘务员要了杯咖啡。当乘务员开始派发食品的时候，小女生拿到点心后还仔细询问有没有米饭。吃饱喝足后，她又叫来乘务员，要来了毯子，拉低绒线帽，沉沉睡去。

慧嘉想到了自己。每次坐飞机的时候，她从来不会主动去提什么需求，都是给什么拿什么。正如她在那段爱情里一样。

其实，是不是爱情，她都无法确认。当她再次和一个男性好友提到此事，并苦恼地问什么才叫爱的时候，那个朋友说了一句话："从你第一次和我说这个问题到现在，已经一年了，你还不能确定自己是否爱他，那为什么还要继续？"

慧嘉后来告诉我，她觉得自己仿佛是从一场大梦里惊醒。从刚开始，她没有拒绝过他对她的好，后来，她没有拒绝过他对她的好感、喜欢到爱意，似乎他极尽全力给自己海水般的温柔，她就要还他一应俱全的笑容，他为她匍匐了青涩的少年花事，她就要探遍与他有关的信号。

“也许，有些东西，真的伸手就能拿到，可我当时，从来没想过要自己去决定要不要。”

慧嘉对我说。

慧嘉提了分手后，男生情绪特别激烈，也可能是赌气，他以一种非常决绝的方式突然“消失”在她的世界里，根本没有给慧嘉任何想要回头或者做朋友的机会。

这样的“报复”很成功。

因为慧嘉曾经非常依赖他，甚至没有另外的亲密朋友。

从那以后，慧嘉不开心的时候，翻遍电话本也找不到可以肆意倾诉的对象；熬夜复习考试的时候，再也没人陪着她度过那些困倦得支撑不住的夜晚；无聊的时候，再也没有人一首一首地唱歌给她听，讲笑话逗她开心；做PPT的时候，没有人再帮她找漂亮的图片，帮她调好格式；英语课前，再也没有人帮她写好情景对话的脚本。

她的生活一下子变得步履维艰。夸张吗？一点也不，如果你也曾有过非常依赖的对象，就知道那些习惯一旦被抽离，你很难再一个人面对生活。

大概过了小半年，一天下了课，慧嘉跟老师请教了很久问题，最后同学们都走了，她才一个人收拾东西下楼，突然靴子底一滑，她连人带包一起摔下了楼梯。

她动了一下，脚踝剧痛，楼道里空空荡荡，也没人经过。她只好坐着把掉出来的书捡回来塞进书包，然后一手扶着墙，一手拽紧楼梯扶手，一使劲，才站了起来，然后吃力地一步一步往前挪。

等到好不容易回到宿舍，慧嘉才想起来，自己居然没有想过打电话求助任何人，甚至，当痛得走不了路的时候，她也没有无助地坐在地上哭。她知道自己终于“好”了。

终于不再事事都依赖人，终于意识到自己以前只是需要一个人的疼爱和呵护，而不是真正地需要他的爱情。只不过这一天来得有点迟，她曾这样耽误和辜负了一个少年多大的期望和爱。

不过对于慧嘉整个人生而言，一点都不算迟。东野圭吾说，只要门开着，就不会通向过去。她曾经在分手后自暴自弃，但终于坚强地走过这些路，没有抹过一滴泪，没有俯首称臣。

在中国应试教育下，没有多少人在高中的时候，就能想清楚自己未来想要成为什么样的人，但是在高三那个档口，我们却都必须做出一个选择，上什么专业，去什么学校。甚至在高二的时候，我们就必须选择，是学文科还是理科。

文理分科的时候我的想法很简单：我理科不算突出，将来考大学能不能上一本线都说不准，但是学文科的话，我有希望可以去最好的大学。

当时还得意于自己做了个明智的选择，于是高二高三在相对轻松的文科课程下，真是肆意挥洒青春啊，偷偷看了一大堆小说，谈恋爱，每到学校组织什么晚会就课也不上，请个假就出去排练节目。反正文科的东西，回来背背就好了。

那时还年轻，不懂得奋斗是什么。后来工作了知识不够用时才明白，从前偷过的懒，日后总是要偿还的。

正如那句话所说，奋斗就是每一天都很难，却一年比一年容易。不奋斗就是每一天都很容易，却一年比一年更难。

我当时的前桌，是个有点内向的男孩子，每天早上都比我还要早到教室学习。他给我看过他的时间表，先背单词，再读语文课本，然后背政治概念，中午放弃睡觉，做数学练习题，下午课后去跑步。但越是临近高考的时候，他越是烦躁，有时候早自习快结束了，他计划表里应该已经背完政治了，但他还在背单词。

“前天下午上完课我准备去跑步的时候，突然整个人一下崩溃了，我不想继续这种生活了，什么都不想去想了。”

有些人的青春期来得很晚，一旦压力过大，就容易一边因为挫折妄自菲薄，一边又极其渴望尽早冲破当下的桎梏。

后来高考他发挥得很不好，上了一个二本学校的计算机专业。学了这个专业的人都知道，那几年计算机专业很热门，许多人都挤着去学，结果毕业了满大街都是，特别难找工作。他去了一家小公司，所有人包括他加起来也就十来个人，没有专门做清洁的阿姨，他是新人，这些活都落在他身上。

那段时间，他每天比别的同事早到半个小时，扫地、擦桌子，还要给老板泡好茶。你以为接下来的剧情，是老板给勤奋的员工加工资，或者重用升职？现实当然不是这样。小公司在一年后就倒闭了，结算时连一个月工资都发不出。本来薪水就很微薄，他几乎没有什么存款，只能狼狈地开始找工作，疯狂地海投简历。

“公司要有蹲坑，不要马桶”“要有保洁阿姨”，当时，他找工作只剩下三个要求，这是其中两个。因为有了一些工作经验，他找到了一份网络后台数据管理工作，和他的专业也算是挨得上点边。

“钱多话少死得早”，程序员同行们常常这样自嘲。但他却再也没有像高三那样恐惧过未来。

“虽然对未来的生活依然没有把握，对万事还不能驾轻就熟，但是我能知道，现在做的就是喜欢的事了，排除万难也要继续。”在一次毕业很久的同学聚会上，他感慨万千地说道。

《爱丽丝梦游仙境》里有这么一个情节：

“前面有那么多条岔路，我应该走哪一条呢？”爱丽丝向小猫邱舍请教。

“那取决于你想到哪儿去。”小猫回答。

“但我不知道要去哪儿。”爱丽丝为难地说。

“那么你走哪一条都是一样的。”小猫答道。

如果我们不知道自己要前往何处，要朝什么方向努力，那么，任何道路就失去了意义。

对生活的前路不迷茫，其实是一件非常难的事。

有些人摸爬滚打一辈子，都不一定知道自己真正想要的是什么。

等那一刻的“明白”，有时候犹如在餐厅等位，凌晨四点等日出，梅雨季节等衣服干，花点耐心就能等到。但有些时候，就像夏天等落雪，沙漠等甘霖一样，等错了机会就换个时间，站错了地方就挪个位置。

夏天有蝉鸣和晴空，沙漠有孤烟直和落日圆，你也会有自己笃定的事。

一生四年，四年一生

北京的夏天才刚刚开始热起来的时候，我们几个同学一起回了趟学校，学校的花园与喷泉旁又有很多学生在拍毕业照，一年一度的跳蚤市场又充斥着泛黄的物件，满满的离愁别绪。

我们去了曾经去过很多次的那家在大众点评上排名靠前的烤鱼店。是为了给一个同学饯行。他第二天的飞机回家，过完暑假接着便去广州读书，不会再回北京了。

算一算，他在北京也有五六年。再漠然和讨厌的城市，你花了六年的时光来了解它，都变可爱而不舍。离开时，你那么清晰地记得每一个地铁站名；你记得夏日空气中的燥热，冬日空气的凛冽；你记得哪条街道上有最美的银杏；你记得哪一条胡同的转角藏匿着最美的独立书店。

那些从来不在心上的城市记忆，一点点像蜘蛛网一般缠绕在你心尖最柔软的地方。那些如泉水般倾出的惆怅与不舍，你又该如何排解。你要如何与它道别，一座见证你最锦瑟年华的城市。

你走的那天，是清晨的机票，很匆忙，你没有告诉其他人，当然，也没有人送他你。

你说，你喜欢这样子，不要犹犹豫豫吞吞吐吐，既然要离开，那就果决地离开，头也不要回，不要舍不得。

在分别的地铁上，你突然说了声再见，就下车了。我只看到那个坚毅的背影，穿过重重人海，而后消失。

我不知道，下一次见面，会不会在几十年以后，又或者，这辈子不会特意去见面了。

我想起柏瑞尔·马卡姆在《夜航西飞》中写道，如果你必须离开一个地方，一个你曾经住过、爱过，深埋着你所有过往的地方，无论以何种方式离开，都不要慢慢离开，要尽你所能决绝地离开，永远不要回头，也永远不要相信过去的时光才是更好的，因为它们已经消亡。

我们这一生，每时每刻都在学会告别，那些告别不大不小，却让你愁断肠，千杯酒也难以解思量。

聚会那天，还有那个当兵回来铁骨铮铮的你。两年前，你去当兵，让我们第一次体会到了别离和远行的滋味。

总以为离别是那么远那么远的事，好像大一北海拍片要双节棍，大二纠结无比讨论平面设计作业，大三耗掉无数休闲时间的策划案，还有那年10月底的海岛生存，你站在那么高的地方从从容容地帮我们战胜恐高，这些都是前不久才刚刚发生的事。

你总是突然地带给大家一些劲爆的消息。

那天欢送会，你说此去当兵也是了无牵挂，没有那么多为什么，选择了便是选择了；你说其实，这个选择没有什么遗憾，最大的遗憾不过是无法和我们一起拍毕业照进行毕业旅行吃散伙饭；你说毕业照要把你P进去；你说今年元旦聚餐时会少了个人；你说我们在打温情牌骗取你的眼泪；你说你的眼泪会留到火车上独自一人留，可拍照时，我明明看见你通红的眼角；你说友谊这种东西也要顺其自然；你说现在是能选择各种生活的年纪，还是要努力做自已喜欢的事情；你说你把原先准备单独赠的诗歌赠给我们；你说希望我们每个人都是开心幸福的。

那天，我们第一次有了全班大合照，背景是你写的那首诗：

北风萧萧吹雪来，玉龙飘散舞未休；新兵热血肝照胆，老友举杯笑对愁；天外浮云自舒卷，海内知交或去留；莫伤此别各自远，明月长伴碧水流。

去年，你当兵回来，继续完成学业，校园还是那个校园，身边的人却不是三年前熟悉的那些人，你说你叫不出他们的名字，他们的面孔如此陌生。

而你熟悉的我们，早已散落在天涯海角。

翻出那些旧照片，每一张你都笑得开怀。

从来不愁眉苦脸、整日乐呵呵的开心姑娘，在第一次失恋时，哭得那么伤心，好像天塌下来一样。你不敢相信，心中纯真美好的感情，会败给一个不认识的第三者。

你好像不相信爱情了。可是，今年春节，你遇到了生命中那个他，依然还是异地恋。你每周末都坐几个小时的动车，只为赶赴与他的约会。看你贴出的照片，很成熟的人却愿意和你一起扮可爱拍照。

这样子的你，真好，遇到对的人才会让你那么开心。你看之前，你的前任，你为他流过那么多泪，你过去那么疲于恋爱，而现在，你笑得那么开心。

那些年，你的歌声与舞姿频繁地出现在舞台上，你梦想着在更大的舞台上跳舞唱歌，而现在，你在公关公司上班，每天都能与各种媒体与明星打交道，也算是很靠近梦想了吧。

你是我觉得最特别最独立的人。

从来无所谓别人的评价或眼光，活得那么自我。我身边喜爱民族音乐的人，爱听歌剧，品味高雅的，就你一个。

每天见你匆匆忙忙、倔强的身影，一回头，就是你那标志性的笑。

我曾经毫不掩饰地表达对你的喜爱，你说受宠若惊。一点都不需要，你如此独特如此愉悦。

那天，在一家咖啡馆写字时，忽然接到你的电话，问我的地址，你买了很多漂亮的明信片，要寄给我们大家。

我开心的不得了，你那么清楚地知道大家的喜好。

在微博上看你进入了新的学校，每一个点滴都让你忆起那过去的四年。

时光啊，太匆忙，我们总是在它过去后那么久那么久，才怀念它的美好。

在朋友圈，看你发一些纽约的照片，你还是那个你，把眉毛剃光，头发齐肩，眼神忧郁的你。

你独来独往，衣袂翩跹，在那座遥远的岛屿上兀自生活，远离每一个人。

我们都以为你冷漠，孤僻，离群索居。和你同为舍友后，才发现你热心，纯真，傻傻的可爱。

我记得你跟我说，最讨厌小组作业，因为自己总是被落下的那个人。

离开的那个早晨，我们还在睡梦中，你没有叫醒我们，悄无声息地离开了，就像你平常那般行踪诡秘。

你留下两页手写的信。把我们每个人的名字都郑重地写上去，谢谢我们将近一年的陪伴。后来，我们共有一个微信群，常常在那里吐槽聊天，你会偶尔也说上几句话，那熟悉的声音，好像一直在我大家身边。

而你的人，却在相隔几万公里的大洋彼岸。

原本陌生的人，却偶然有了四年的交集，那五彩斑斓的记忆，永远都少不了你，你，你。

歌声里唱：流水它带走了光阴的故事改变了我们，就在那多愁善感而初次回忆的青春。

那么美好，青春之中有你们。四年的时光，很慢也很快，不管怎样，那都是一生之中绝无仅有的四年。

一生四年，四年一生。

去做一切放肆的事

现在的年纪，也还算年轻，我却时常拒绝朋友的邀约，独自窝在家里敷面膜，品红酒，读一本昆德拉，看一部老电影，想着自己是不是已经不那么年轻了。

记得大一的时候，寝室一个姐妹生日，和我们几个约好了去江边自助烧烤。下课后去超市买菜，买肉，买调料，提了好几大袋，兴冲冲地去了。一烤就是好几个小时，等回过神来，末班车已经开走了，又没有带够打车的钱，索性走回去。

几个十七八岁的女孩，疯疯癫癫，又笑又闹地走在夜色里。经过江边时，伸手不见五指，怕黑，也怕遇见坏人，攥一瓶驱蚊液，拿一把烧烤时用来切菜的水果刀，牵着前一人的衣角，惊心胆战地往前走。经过江上的大桥，被风吹得东倒西歪，冲着延伸向远方的江流大喊大叫。走到中途还被巡警搭话，让我们一路小心。足足走了三个小时，凌晨两点多我们才回到学校。遇见学校值班的保安，央求他放行，为我们的晚归保密。

少年时荒唐，又珍贵的回忆。

现在，谁还会陪你，你又会陪着谁，在深夜又笑又闹地走上三小时呢？

几年前的我，若是想念一个人，就会翻山越岭去见他。连夜坐十几个小时的火车，第二天一早神采奕奕地出现在他面前。

如今再让我做这种事，恐怕是不可能了。没有那样的心力了。现在的我若想念远方的某个人，只会放在心底，或者最多在他的朋友圈里点个赞。况且，我想我也不会再喜欢远方的谁，隔着遥远的距离患得患失了。

都是在青春的年纪里放肆，在成熟的年纪里学会权衡得失，因为都知道可以挥霍的东西越来越少。

但回忆起那些年的放肆，总是怀念得不能自已。只愿成熟的年纪来得慢一点，再慢一点，只愿自己权衡少一点，再少一点。

权衡过头，总会留下遗憾。

她那时比他高一届，他得管她叫学姐。

她很有学姐的派头，一味地宠爱着师弟师妹们，并不偏心谁。而他唯一的希望是她对他好一些，再好一些。

喜欢的情愫是一点点滋生的，等他发觉过来，视线已经离不开她了。

不敢表白，觉得自己配不上她。她是系里研究生中的尖子，早早被推荐去日本留学。他觉得她迟早要走，表白也没用。再加上还有不少同级的师兄在追她，更有传言说她已经和其中一人开始交往，他更加觉得灰心，没有胜算。

他想，只要她幸福就好。

研究生毕业，颁发学位、照毕业照之后聚餐，大家都喝了不少酒。她喝得尤其多，摇摇晃晃走不稳路，他正要伸手扶她，却见好几个师兄都抢着上前，便缩回了手。她却嚷起来，说她没喝醉，把几双手都甩开，一个趔趄靠到了他身上。

“哎呀，是你……就是你了，送我回去……”她嘴里含糊不清，说着说着却笑了。

大家都当她发酒疯，索性懒得理她。他颤颤地伸出手，搂着她的腰，负起责任来，送她回宿舍。

到了宿舍，她却一屁股坐在门口台阶上，不肯走了，一条手臂挂在他脖子上嘻嘻地笑。

“呐，我问你，你有喜欢的人吗？”

“……”

“有没有？”

“嗯。”他终于点了头。

“然后呢？没在一起吗？”

“没有。”

“不告诉她你喜欢她吗？”

“嗯。”

“为什么？”她歪着头问。

“告诉她也没用。”他低下头。

她忽然松了手。

他们在那里一直坐到凌晨，她和他东拉西扯聊了很久。后来他根本就不记得当时聊了些什么，只记得她的侧脸，在路灯下很美很美。

接下来，她去日本深造，他留在国内继续读研。

时差只有一个小时，所以经常在网上遇见，遇见了，他们就会聊几句。无非是问异国生活习不习惯，研究室有什么新课题，新来了哪个教授。

他本来以为，她离开，是没有办法的事，自己也只能接受。他本来以为，她离开之后，这份感情会慢慢变淡，直至完全消失。可他发现，他接受不了她离开，忍受不了生活里没有她，也无法抑制心里越来越强烈的想念。

导师问他要不要争取去日本读博的名额，他想都没想就答应了。

在确定下来之前，他没有告诉她这件事。

申请批下来，成绩过关，材料过关，面试过关，已是半年多以后。他兴奋地告诉她这个消息。她隔了很久，才发过来一个笑脸，说了一句“恭喜”。

他觉得自己的兴奋被浇了冷水。但是没关系，他很快就要见到她了。

“等我过去，你要像个学姐一样，请我吃拉面，游富士山。”

她又发过来一个笑脸，说了一句“没问题”。

他翻来覆去地给自己打气——我喜欢她，她就是我一生要找的伴侣，到了日本，一定要向她告白，要告诉她我有多爱她，多想念她。

他抵达日本的那天，她果真去机场接他，带他去吃拉面，看富士山。

一年不见，她的性情不如之前豪爽，容貌却更成熟也更美了。他坐在新干线上看着远处白雪皑皑的富士山，又看看她的侧脸，觉得很幸福，很满足。

在富士山下的树海边，他终于支支吾吾地开口：“学姐，我……我……”

她打断他：“我并不知道你会来日本。”

“嗯，因为我之前没有告诉你。”

她叹了一口气：“要是早点告诉我就好了。”

为什么呢？他觉得她的表情很悲伤。

她看着他，下了决心的表情：“这是我最后一次和你单独见面了。”

他有点蒙：“为什么？”

她再次叹了一口气："因为我有男朋友了，再单独和男生出去，他会吃醋。"

他吃惊许久，然后沮丧地垂下头。

没有说出口的表白，再也说不出口了。

临分别时，她站在原地许久，终于下定决心似的抬起头看着他说："你还记得吗？毕业那天，我问你为什么不向喜欢的人告白，你说告白也没用，但我还抱着最后一丝希望，一直赖着你聊天，不让你走，等你说出那句话，可惜你一直没有说。现在回想起来，这句话其实也可以由我来说，可是我也没有勇气。"

他愣在那里，很久很久，悔恨像一条条虫子细细啃噬心脏，他回想起她说的话，"我并不知道你会来日本"，"要是早点告诉我就好了"，原来是这样，如果她早点知道的话，是不是就不会交男朋友了？

他以为她会在原地等他。但这个世界上，没有哪个人有义务在原地等你，即使是爱你的人。

"我一直好后悔。"她低下头，声音哽咽。

所以她下定决心，下一次，如果再爱上谁，一定会第一时间告诉他。不考虑结果，不顾及过去现在将来，不害怕被拒绝，勇敢地说出那三个字。

目送她离开后，他终于在心里对自己说："嗯，我也是。"

去做一切放肆的事，去爱自己想爱的人，趁自己还活着，还能走很长很长的路，还能诉说很深很深的思念。

走下去，哪怕前路荆棘满布

那真是她一生最艰难的时期。

她一手打造的时尚品牌，因为门店扩展速度太快，资金周转遇到问题，又遭遇合伙人反目，最终只好早早卖掉收场。

她那时怀着三个月的身孕，心力交瘁之下流了产。

而她结婚五年的丈夫，在这时爱上了另一个女人，离她而去。

她的父亲，在这段时间检查出晚期癌症，她拿出全部积蓄，把他送进最好的医院，但父亲只熬过第一次化疗，没多久就去世了。

母亲伤心过度，一味地哭，她没有兄弟，只能自己咬着牙，拖着刚流过产的身体为父亲的葬礼奔波，来不及悲伤，也来不及软弱。

等到葬礼结束，她才终于感觉到铺天盖地的痛苦和绝望。她不明白自己的人生怎么就走到了今天这一步。此前，她在国际上拿了设计奖，一手创立了一个风靡一时的品牌。她还有一位出色而温柔的丈夫，恋爱七年，结婚五年，幸福得以为一定可以白头偕老。而父母也还不老，她觉得自己还有足够的时间和能力孝顺他们。

谁知道，这耀眼而美满的一切，坍塌起来只需要一瞬。

想死的心情时刻缠住她，有时开车，她会想随便撞上哪辆车，来个干脆利落的结束；也很想大病一场，最好病得再也不会醒过来。但她还得照顾母亲。

幸好还得照顾母亲。

她把母亲接到身边，卖了老家的房子，开了一家小小的设计师事务所，重新开始。起初只有她一个员工，靠着以前的人脉，勤勤恳恳，从小活开始接，做出一个又一个出色的设计，慢慢打开市场。她不信命，她到底是拿过国际大奖的人，不擅长开拓品牌做大生意，至少干回本行没问题。

逐渐地，她招到了第一个员工、第二个员工……事务所规模大了些，开始有能力接到一些大单。

终于她有机会参加一个体育赛事的设计项目，这是个大项目，不仅收入颇丰，而且能够赚来好名声，她很想拿下。她带着几个设计师日以继夜地赶稿，最终靠实力拿下了那次竞标。拿过国际设计大奖，见过许多世面的她，在那一刻居然有点控制不住情绪。回到事务所，她买了香槟和大家一起庆贺，举起杯，她没说场面话，只说这个项目的款项收到后立刻就给大家发奖金，并且附加出国旅行的福利。

所有人都欢呼起来，说，你不一定是最棒的设计师，但绝对是最棒的老板。她一口酒喝进嘴里，眼中却落了泪。

眼泪掉下来，就再也止不住。她坐下来，起初双手掩面，后来索性像个孩子一样，号啕大哭。

自从事业失败，流产，离婚，父亲去世以来，她还没有认认真真哭过一场。并不是不心疼自己，并不是不痛苦，只是不知不觉就撑过来了。但那天，因为同事的一句话，她想起自己的悲惨遭遇，想起自己一直以来强撑的坚强，终于哭得不能自已。

前路依然未知，她的事务所仍然很小，随时可能被竞争对手挤垮；她的母亲年纪越来越大，身体越来越不好，能够与她相伴的时间越来越少；她还没有重新找到爱情，还没有得到再一次拥有家庭和孩子的机会……

失去的一切无可挽回，她再也不可能回到从前，甚至，她的未来也不一定能够比现在更好。但她知道自己不会停下来。哪怕前路荆棘满布，也会继续走。

乔乔在如愿以偿得到出道以来的第一个奖——最佳新人奖的那一天，在领奖台上哭了。

从小没有爸爸，和妈妈相依为命，单亲家庭，家境又不宽裕，乔乔很自卑，自卑得都不敢打扮自己，留着学生头，穿着学生服，就这样清汤寡水地度过了青葱岁月。

自卑的人容易招来欺负。那个时候，学校里有几个不良少女，总为难她。放学路上常常堵着她要零花钱，差遣她恶作剧，害她被人骂。乔乔每天上学都心惊胆战，走在路上，每一步迈出去，都想收回来。很想逃跑，想翘课，但她想到妈妈供她上学的辛苦，硬是逼自己天天去学校。

每天，就在努力学习和应对不良少女的纠缠中度过。来不及去思考自己的处境，只知道她要拼命念书，不能辜负妈妈的辛苦。

高中毕业，她考上了一所不错的大学，妈妈却在她入学之前一病不起。医生告诉她，这种病很难根治，需要长期吃药，恐怕以后你妈妈都不能再工作了。

她以为是因为她们付不起医药费，医生不给治，疯了一样给医生叩头，说我以后会挣钱还给你们的，求你们救救我妈妈。额头磕出血，把好几个医生护士惹哭了。

妈妈辞了职，在家养病。她床前床后伺候着，直到妈妈能够下床活动，因此晚了两个月入学。

她申请了助学贷款，而自己的生活费，妈妈的生活费、药费，全都靠她努力去挣。她几乎什么兼职都做过，家教，发传单，去超市做促销……因为身材不错，长得好看，她还兼职做过会场的礼仪小姐。她发现礼仪小姐这类兼职挣得比较多，就开始留意类似的工作。

一次，她偶然得到机会做兼职平面模特。那是一家时尚杂志社策划的一个关于女大学生的专题，需要一些大学生模特。她是其中之一。照片拍出来效果很不错，她由此引起了一些圈内人的关注。从那以后，这类工作越来越多，乔乔逐渐接触到时尚圈、影视圈，也终于意识到自己有当明星的条件。她当时唯一的想法是，当明星挣得多，等她有钱了，就能让妈妈得到更好的治疗。

娱乐圈的潜规则遇到过，试镜几十次，一次也没成功的经历也有过；不适合当明星这种话，不知道听人讲过多少次——但她想到妈妈，都咬牙挺了过来。

倔强到近乎顽固地坚持努力着，她终于拍了第一支广告，演了第一部电视剧，尽管只是配角，也逐渐有了名气，有了粉丝。

如今，她拿到最佳新人奖，手中有了一份饰演女主角的片约，活动、节目、采访的安排也密集起来。她为妈妈请了专门的护理师，幸好妈妈的病情也没有再恶化。

以后会怎样，那都是以后的事了。

至少，当她哭着回望这么多年的辛苦时，可以感叹自己的努力真的没有白费。

或早或晚，人生最艰难的时刻总会到来。也许童年灰暗，也许青春疼痛，也许顺风顺水时突然跌入低谷，也许爱人毫无理由便离开，日子再怎么顺遂，也会有家中长辈先你而去，也会有不可避免的事业发展瓶颈……

所以，当《这个杀手不太冷》中那个被父母虐待的小女孩玛蒂尔德问杀手莱昂“人生总是这么痛苦的吗？还是只有童年痛苦”时，莱昂回答她：“总是这么痛苦。”

很悲哀的结论，却很真实。

糟糕的时候过去了，更糟糕的时候也许还会到来。但人心的坚强，永远超乎你自己的想象。

有时，你可能脆弱得一句话就泪流满面，有时，也发现自己咬着牙走了很长的路，再回过头去看，自己都会被自己感动。

愿你终有一日会被现在的自己感动。

岁月静好，现世安稳

下午在和客户电话会议的时候，手机突兀地响了，看一眼来电显示是陌生号码，直接按掉。

几分钟过后，陌生电话又锲而不舍地响起，应该是保险推销员、电话访问员之类，我准备接通后说完“不需要”三个字就立即挂断。

刚接通，却听见对方甜甜的声音，亲爱的，下个月15日是我的婚礼，请柬已寄给你啦，现在正式通知你，嗯，记得到时候早点来哦……

我震惊得一句话都说不出来，直到听筒中传来“嘟嘟”的声音，才意识到自己的失态——还在会议室。

连忙收起手机，继续投入到电话会议中。但我根本没办法把注意力集中在会议上，所有的心思都在想她，她的话像蜜蜂一样嗡嗡嗡不停地在我脑海中回响：我已经领证了，下个月就举行婚礼……

去年春节，她还惶恐不安地问我们，是不是自己就这样注定一辈子单身。那时，父母为她精心安排的相亲以失败告终。

和那个男生相处后，男生身上的稳重感与成熟感很吸引她。虽然没有一见钟情的悸动，但她也明白，早已过了爱做梦，渴望轰轰烈烈的年纪，彼此合适顺眼就够了。

正当她满心欢喜地准备与这个男生进一步交往时，男生对她却不满意，她过于活泼，而他则更想找一个安静温柔的女生。

她被气得整整三天没出门，发誓再也不去相亲。

大学期间，她在图书馆自习时，被对面长睫毛的男生吸引，于是每天六点多就去图书馆排队占座，只为了能坐他对面，等他来。

为了让他记得她，她花了三个月的时间，想了三百种搭讪的方式。

默默暗恋人家一年多，跟他表白的前一天，却发现对方已经牵起了隔壁班花的手。

后来，和舍友去临近城市游玩，认识了舍友的高中同学松子。

两人初相识，便电光火石般产生化学反应。

喜欢摄影的两个人一路话题不断，完全把我们当空气。

周末，在隔壁城市读书的松子，常常坐两个小时的火车过来，只为了约她一起去城市的街头巷尾拍片。大概每隔两周，她都能收到穿越两个城市而来的唯美照片，那是他们拍摄的，有城市的街头巷陌，有生活其中的人，当然也会有她，贴满了宿舍，像是小型摄影展。

果然，没过多久，她就在宿舍宣布告别单身，开始和松子同学谈起了纯纯的校园恋情。

女生生日的前一晚，松子同学在晚上12点之前赶到我们宿舍楼下，陪她一起过生日。送给了她520张照片，照片里全都是松子偷偷拍的不经意间的她。

景色再美，和你比起来，也不过是背景色，黯淡无光。

“你负责拍照，我负责微笑”，浪漫得让人心醉。

陶醉于甜蜜恋爱中的两个人，往往都自动屏蔽了现实。

所以，当不得不考虑现实——毕业时，脆弱的恋情便在现实的狂风暴雨中夭折。

她和松子亦是如此。

松子要回家乡发展，独生子女的她没办法为了爱情走天涯。

于是，两人和平分手，各自珍重。

在职场的几年间，她也谈了几场恋爱，每一次都是无疾而终。

不知不觉，被时间裹挟到了大龄剩女的圈子。

熬不住和父母痛苦的对战，她开始试图接受父母安排的相亲。

去年的那场相亲，是双方父母都熟知的人，彼此合适而般配。她以为能就此结束单身，结果却事与愿违。

周末聚会，我们让她老实交代一切，怎么如此之快地找到那个愿意托付终身的人。

也没什么，不过是遇到了最对的那个人，所以完全不觉得快呀。她欢快地说，明眸善睐。

将要和她共度此生的人，是她参加某次行业会议时遇到的，匆匆留下名片，以为再无交集。不想，在朋友婚礼上，两个人再次相遇，一个是新娘的同学，一个是新郎的同事。

不经意间，缘分就此来临。

因婚礼而结缘，现在，又将迎来属于他们自己的婚礼。

美好得让人不敢相信。

可这，真真实实地发生了。

在爱情的世界中跌跌撞撞遍体鳞伤后，我们都以为自己是被上帝遗弃的那个小孩，注定得不到眷顾。

可很多时候，我们只需耐心地等待，不急不躁。

因为不知哪天，最好的那个人可能就这样出其不意地降临，在你没意识到的时候，带给你惊喜。

然后，你们彼此承诺此生，欣然带上那枚戒指。

在一朝一夕间，懂得岁月静好，现世安稳。